잠시 쉬어가도 괜찮아

중랑문인협회

책머리에

　잠깐만 마스크를 쓰고 사회적 거리두기 하면 될 줄 알았습니다. 그 잠깐이 2년을 넘기며 이어질 줄 누가 알았을까요. 바이러스 변이 소식은 우리를 당황스럽고 우울하게 하지만 일상으로 돌아갈 날이 얼마 남지 않았으리라고 기대를 가져봅니다.

　산수유나무와 개나리는 희망의 꽃을 피워 우리를 위로해 주고, 망우산 봉화산 상수리나무들도 연초록 잎망울 봉긋이 내밀어 그늘 만들 준비를 합니다. 힘든 것들은 이겨내고 할 일은 해야 하기 때문일 것입니다.

　중랑문인협회 작가들은 비대면 속에서 창작한 원고를 모아 제24호 회원작품집 출간을 합니다. 작가 51명이 창작한 171편의 작품이 독자를 찾아갑니다. 코로나19에 지친 독자 여러분에게 따뜻한 위로가 되면 좋겠습니다.

　그동안 가을에 진행하던 시화, 수필화 원고를 올해는 회원작품집 원고와 함께 모집했습니다. 힘든 상황에서도 제24호 회원작품집이 순조롭게 출간될 수 있도록 적극적으로 참여해 주신 회원님들께 감사드립니다.

　중랑구 문화예술 발전을 위해 관심과 격려로 응원해 주시고 제24호 회원작품집 출간에 도움을 주신 류경기 구청장님과 관계자들께 감사드립니다.

2022년 봄
중랑문인협회 회장 정송희

Contents

차례

【시조】

Contents

이 명 혜

한마디

사랑과 죽음 불과 물
그 사이
눈부신 길만 달리고 있을 뿐
누구도 환승역을 묻지 않는다.

약 력

- 《우리문학》(1990) 등단
- 중랑문학대상(2002), 한국문협 서울시문학상(2021)
- 한국문인협회, 한국시인협회, 경희문인회, 한국문인협회 중랑지부
  장(4대), 중랑문인협회 고문
- 시집:『지금 나는 흔들리고 있다』『밤마다 키질로 얻은 보석』
  『고목나무 뒤 숨은 봄』,『경호강』(2020)

필봉산 · 25 외 4편

갈매산 등성
사계절이 없는 놀이터다

등성을 기대고 선
고목의 빈 둥지 속을 불러
바람으로 나비로 새의 이름으로
모였다 흩어지고 다시 우주 속으로 날아가는 것들

오글오글 떼 지어 노는
산등성의 마른 들풀과 꽃잎이
잠시
앉았다 가는 시간이었음을

꽃잎 지면 물풀 되어 강으로 떠나가고
흙이 되거나 들쑥으로 다시 돌아올 것을
안다

저 멀리서 밀려오는 산 그림자를 보면 안다

갈매산 등성 애기똥풀도 제비꽃도
잠시

머뭇대다 떠나가는

고향 하늘 가는 길이라는 것을.

필봉산 · 26
ㅡ 순환 버스

그리움으로 간다

나룻배도 물새도 국밥집 아이도
남강 다리목 건너 함양 산청 거창
옹기장터 간판 아래로
저녁나절 순환 버스는 설렘으로 간다

끝도 시작도 없는 경성여객 순환 버스
터미널도 정류장도 없는
다만
오르고 내리는 검은 봇짐과 낯선 얼굴뿐

사랑과 죽음 불과 물
그 사이
눈부신 길만 달리고 있을 뿐
누구도 환승역을 묻지 않는다.

필봉산 · 27

얼마나 지났을까

철원 다리목 건너
패랭이 실뿌리 흙덩이 한 입 깨물고
누운 것을 본다

고대산 바람이 불어오고
시린 바위틈에 흙덩이 한겨울 견디느라
말라붙은 살갗
자근자근
깨물린 살과 피
물 한 모금 마시지 못해
모두 주고도 모자라 쪼글쪼글 뱃가죽

능금꽃 같은 눈발에 눈 가려
어두워 보지 못한
우리
한 몸이라는 걸 알지 못했다

그 어리석음을 알지 못했다.

필봉산 · 28
— 안목항

안목항에 가면
갈매기의 울음과 물등성
등성으로 토해내는 파도를 만날 것이다

물새 떼도 솟대들도
먼 시간이 生이 되어 헐떡이며
흘러 흘러왔을 것이다

등성 등성으로 토해 내는
저건
씻어내는 참회의 마음이다

꽃잎이며 먹구름이며
어둠인
안목항에 가면

처음으로 돌아가는 그를 만날 것이다.

필봉산 · 29

첫 새벽 듣는다

군자란 무너진 꽃대궁
자리
물 흐르는 소리

문득
멈춰 선 꽃잎 진 것들
그리움의 소리다

아니
저건
버림받은 자의
그리는 마음일 것이다

저 소리
초록 새순이
모퉁이를 돌아
강을 건너오는 소리.

『시』

김 재 준

한마디

아직은 벗어나지 못한
자유시대의 꿈을 가지며
크게 웃지도 못하고
먼 길을 작은 미소로 걷는다

약 력

- 《창조문학》(1995) 시 등단
- 《창조문학》 대상(2017)
- 한국문인협회 회원
- 시집:『세월의 그림자』(2013),『늦깎이 인생』(2016)

봄의 소리 외 3편

들리세요
햇살을 타고
강을 저어 오는 소릴

향기 아스름이
모자란 듯
한 끼 나물을 싣고
기지개 펴듯
선잠 깬 아지랑이
간지럼 타는 소릴

몽실 젖어 오는
봉오리에 비추이는
새싹의 춤은
계곡의 얼음을
녹이는 소리예요

졸졸졸

낮달

빛도 잃고 모양도 잃고
색깔도 없이 보이지 않은
무념 속에서 살고 있는
난 이게 뭐냐고 묻는다

시간과 공간에 갇힌
벗어나지 못한 노예
자유인이 되고 싶은데
어둠이 오면 등잔불이나마
비추어 보여주고 싶은데

아직은 벗어나지 못한
자유시대의 꿈을 가지며
크게 웃지도 못하고
먼 길을 작은 미소로 걷는다

<서사시>

여보시게 벌교를 아는가

여수반도와 고흥반도 사이에
항아리 모양으로 둘러싸인
어자만의 늪채*라 할 만한
뗏목다리 벌교(筏橋)
골 깊은 참꼬막 하며 해산물과
봇물 장터를 이룬 정겨운 포구

'벌교에서 주먹 자랑 마라'
일본 헌병이 소화다리*에서
말채찍으로 사람을 마구 쳐
이를 본 안담살이* 주먹을 날리니
혼비백산하더라

철수가 다섯 살에 해방되고
좌익 우익의 여순 반란과
6.25 동란 전쟁의 상처는
철수 아빠는 남교 운동장
순이 아빠는 소화다리에서
좌익이라 죽고
우익이라 희생당하니
피가 강물을 이루었구나

인구는 점차 줄고
가난과 궁핍에 메말라지더니
영수는 주산으로 은행에
철수는 고학으로 대학에
교통은 산을 뚫고 외면한 채
벌교를 모두 떠나고
제석산의 정기를 이은
피꼬막이 대를 이었다

여보시게 젊은이
소설 「태백산맥」의 끝자락
현부자 집 앞 소화네 제각에서
꼬막무침에 짱뚱어탕
전통 잇는 태백산맥 막걸리를
사랑으로 한잔하시게나
벌교의 슬픈 역사에
부용산 노래를 곁들여서

＊늪채: 뺄가 사랑채
＊소화다리: 지금의 부용교
＊안담살이: 안 씨 성을 가진 머슴

낙엽

웃음마디
빨간 단풍일 때
가을 풍경을
천 리로 쫓더니만

허한 벌판에
바랜 낙엽들이
비바람에 밟혀
전쟁을 겪은 듯

널브러진 그림이
어둡게 깔려
갈색 기억으로
쓸어 담는다

『시』

이 영 선

한마디

흐름을 망각한 저문 세월의 강물은
물길을 찾지 못해 슬픔의 골을 만든다

약 력

- 《문학공간》(1997) 등단
- 다산문학상, 중랑문학상 우수상(2016)
- 한국문인협회, 무주문인협회 회원, 국제 펜클럽 회원
- 시집: 『나 하나쯤은』, 『때때로 누구라도』 외 다수
- 산문집: 『우리는 누군가의 꽃이 되고 싶어한다』(2021)

헛되고 헛되니 헛되도다 외 4편

한때 무엇엔가 홀린 것처럼 위대한 인물의 무덤을 찾았다. 조선 왕조를 비롯하여 대통령의 무덤까지 발이 쥐가 나도록 그 무엇을 얻고자 했다. 세상의 갈등과 편견이 갈수록 심화될수록 내 걸음은 더욱 빨랐다. 나와 다른 이념과 논쟁의 다툼은 때때로 두꺼운 옷을 입고도 한기를 떨쳐내지 못했다. 나는 무엇을 얻고자 그들의 무덤을 찾아 헤맸을까. 부, 명예, 욕망, 꿈, 집착에 짓눌린 어깨의 무거움이 "헛되고 헛되니 헛되도다" 영혼의 음성 듣고서야 내 걸음은 멈췄다.

잃은 후에 오는 것들 1

어두컴컴하니 침이 고인다. 가지런한 이빨 사이를 훑던 혀가 빈 공간에 잠시 멈춘다. 기억을 꼿꼿이 세운 혀끝이 틈 비집고 들어와 낯섦에 몸살한다. 시간이 흘러도 지칠 줄 모른 채 훑고 간 혀의 몸부림은 허기진 둥지다. 잃어버린 후에 오는 것들의 연속 동작을 무엇으로 멈추게 할까. 집착 없는 물이 흘러야 꽃이 피는데.

잃은 후에 오는 것들 2

세상을 비추는 햇살은 오롯이 떠오르는 순서가 있었다. 흐름을 망각한 저
문 세월의 강물은 물길을 찾지 못해 슬픔의 골을 만든다. 나와 다르지 않
은 인자(因子)를 나눠 가진 언니는 부속함 마다않고 등 떠밀려 혼인하고 운
명이라 여겼던 인고의 세월을 어찌 버티고 살았을까. 알코올 중독 장 파열
로 "이번에는 병원 문밖 못 나갈 것 같다" 마지막 남편의 말조차 분노 삭
이지 못하고 자책하다 눈물로 살다 간 고희(古稀)의 허기진 인생. 가련하고
불쌍한 여운 걷으려니 시리고 아린 통증이 먼저 와 가슴에 앉는다.

동행

시의 새장에 갇혀 살았습니다

좁은 새장 속에 군불 지피며
옷깃에 그리움의 눈물 적셨습니다

자양분 부족할 때마다
갈증의 날개 퍼덕이며
뼈 한 가닥 부싯돌에 올려놓고
날을 갈았습니다

날선 바늘귀에
시 꿰어
아프고 슬픈 사람들의
심장을 봉합할 빛으로 동행합니다.

고등어

푸른 바다를 건너와
식탁 위에 올려진
고등어

물컹이는 속살
간 배지 않은 꿈 없는가
묻는다

오병이어 기적 마취된 채
허기져 매달린 밥벌레
멀리 있지 않네

『시』

한마디

빵과 커피 혼자 음미하며
삼월이면 생각나는 그리움
순간의 행복은 나의 것

약 력

• 《문학공간》(1998) 시 등단
• 허난설헌문학상 본상, 일붕문학 대상, 한올문학 대상, 문학공간
  본상, 자랑스런한국인상 금상
• 예원예술대학졸업, 동방대학원 불교문예학 박사 수료, 한국문인
  협회 동인지문학발전위원장, 국제펜클럽 이사, 불교문학 발행
  인, 한국문인협회 중랑지부장(5대), 중랑문인협회 고문, 예원 예
  술종합대학원 지도교수
• 시집: 『맑은 하늘에 점 하나 찍었어』외 15권의 개인 시집

봄날의 잔치 외 4편

흠잡을 때 없는 봄날
꽃님들의 초대를 받았는지
산은 온통 사람으로 북적인다

눈 앞에 펼쳐진
잔칫집 풍경
맘껏 눈으로 담고 와야 하는데

볼거리를 앞에다 두고
맥이 빠져 의자에 앉았다

내 마음도
꽃과 나무도
10년 전 그대로인데

몸도 삐걱 의자도 삐걱거린다

봉화산

중랑구의 자랑 봉화산
이리저리 올라가도
길과 길이 연결되어 있고
장애인 휠체어 타고 오를 수도 있는
적당한 높이 완만한 거리

봉수대를 중심으로
돌담도 산신각도 볼 수 있고
중간중간 표지판도 있어
길 찾기 순조롭고
휴식할 수 있는 의자도 있어 참 좋다

용바위를 향해 새벽이나 해 지거나
가로등 불빛 환히 비추니
너무 편한 이웃처럼 친구처럼
혼자 다녀도 무섭지 않은
참사랑 봉화산 둘레길

비운의 망초

어쩌다 그늘진
돌 틈새에
뿌리를 내렸을까

마음대로 안 되는
인생살이처럼
어쩌다 그런 삶을 살까

얼마 살지
못할 것 같은
너를 보니 가슴 찡하다

사람도 동물도
가슴 찡한 사연이 많겠지
비운은 언제까지 계속될까

산길에서

산을 올라갔다가
갈래길에서 길을 잃었다
이정표도 없는 산길
만약을 대비해
혼자 다니지 말라고 했는데
당신 그리워지는 순간이다

길 따라 가는 길
모든 길은 통한다고
아~ 정신 바짝 차려
남으로 남으로 내려오니
올라간 길은 아니었지만
신작로 쪽으로 잘 내려왔다

지옥은 순간이다
어디를 가든지
누구를 만나든지
돌아갈 사랑이 있다면 행운

삼월이면

어딘가 떠나고 싶은 충동

오십 년이나 지난 지금도
삼월의 추억을 안고
경관 좋은 워커힐호텔로 간다

창덕궁에서 결혼식을 하고
신혼여행차 하룻밤 보내던
분위기 좋은 워커힐호텔

빵과 커피 혼자 음미하며
삼월이면 생각나는 그리움
순간의 행복은 나의 것

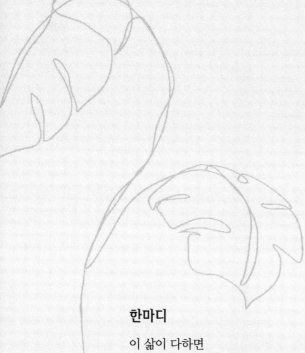

『시』

김 수 호

한마디

이 삶이 다하면
당신 곁 가득한 허공이 되리

약 력

- 《황금빛 노래》(1999) 등단
- 사)대한문인협회 시 부문 신인상, 사)새한국문학회 수필 부문 신인상, 중랑문학상, 전국공모전 및 백일장 장원 대상 금상 차상 및 다수 입상
- 한국문인협회 회원, 중랑문인협회 이사
- 저서: 『황금빛 노래』(1999), 『천상의 등불 금화집』(2016년)
- 공저: 『한국대표 명시 선집』등 다수

용마산의 봄 외 4편

1

사가정 공원 바람 스친다
침묵힌 솔향기 새겨지고
바위돌상 드리운 건 허공 잔상들
도시 또 다른 세상 고요한 시간
낮의 신들이 빛나는 숲 나는 여기 동참할 뿐이었다

2

숲속에 물소리 들리는 계곡에 앉아
졸 졸 쫄 쫄 앙상한 가지 바라보니
어느새 가지엔 봄빛 닿아 순 돋는 소리 바람결 흐르네
맑은 물 푸른 솔 생강나무꽃 빛나고
햇볕 포근히 내 곁 감싸네 돌 틈 돋아난 연둣빛 잎새

3

진달래꽃 바위산 돌 틈 사이 바람은 분홍꽃 피워 내고
햇살 붉어지는 내 얼굴 오르고 내리는 산길마다
분홍빛 물들어 올 때면 북으로 향하는 염원
진달래 분홍빛 통일 용마산 양진 얼굴 내민 진달래꽃
봄볕 익어가는 사랑일 테지
바위산 걸터앉은 나도 진달래꽃 얼굴 붉히고 있네

4

탑으로 빛은 흐르고

착하고 착하게 기쁘고 기쁘게 흐르는 물길처럼 산길을 걷네
새소리 바람길 소나무 푸르고 바위틈 굳세게 생명이 숨쉰다
잔잔한 폭포수 바위를 오르듯 빛조차 고요히 흐르고 내리고
돌탑의 침묵은 착하고 기쁘네

환신(幻身)

내 이생이 다하고
한동안
관찰자 되리
때론 인연 따라
천신의 몸으로
뭇 생명
축복과 찬탄으로 이끄리오
수 억겁 쌓아 놓은 이야기
저 하늘 허공 끝
대자비 사랑으로 가득하겠소

나는 이 삶이 다하면
당신 곁 가득한 허공이 되리
시원한 바람으로
착하고 기쁘게
꽃의 향기로
평등평화 진실한 언어
축복하고
찬탄으로 함께 하리오
허공 끝 또다시 더 큰 허공으로
그대 위한 축복의 노래 부르겠소

치유의 기도

병들고 지친 삶이여
육신
무너지고 썩어
흙으로 돌아가고
물과 불 바람으로 돌아가네
그대들
의지처 어디인가
나
오랜 이야기
나 홀로 떠나는 여행
그리고 조용히 마무리 짓는다
산과 바닷바람이 되고
물결 되어야 한다
아침 햇살 마주하고
저녁노을 품에 안아
북극성으로 돌아가리
병고 벗어나라
그대들 환생자이나니
사랑으로 말하고 생각하라
모두 기뻐하라
축복하라 찬탄하라
삼세 함께 하리니 존중하라

광야와 밀알

병사여
진군
치열하게 나가라
용맹한 병사 품게 되리니
병사여
사랑
용맹해야 쟁취하게 되리라
여인들이여
위대한 씨앗을 받아들여라
사랑
씨앗을 싹틔워 키워냄이니
그것 어머니 성스러움이라오
여인이여
씨앗을 싹 틔워라
위대한 병사를 위해 사랑하라
수억의 죽음이 헛되지 않도록
병사의 죽음에 애도하라
오직 잉태로 국토를 품어라
여인이여
어머니의 성스러운 거처
파고들 씨앗을 부르라

광야의 종소리 울려 퍼지도록 사랑하라
샘이 흐르는 광야
한 톨 밀알을 심으라

접동접동 붉은 빛

진달래 붉어 오라 접동접동 달빛에 날아드니
꿈속에 그대여 잘 있는가
동쪽 히늘 여명이 밝아올 때
온 동네 산마다 짹짹 쪽쪽 산새들 떼창
청명하게 아침을 깨우리

하얀 달 차갑게 빛나 접동접동 밤새운 노랫소리
봄눈 내린 양지 무덤 앞 할미꽃 빨갛게 앞장서니
두견새 그리움 붉게 꽃 피워 내리

계곡 물소리 소리쳐 새 생명 일깨우고
소쩍새 풍년가 물길을 걸어가리
꿈속에 그대 솥 적다 넘쳐 흐르리니
큰 그릇 될지어라

어미의 핏줄기 붉게 대지로 적시올 때
밝은 여명 태초를 맞이한 새 생명
북진하는 붉은 두견화는
초록빛 어질고 순한 사랑 키워 내리라

벚꽃 짙은 달빛 속에서 도화 꽃 또다시 붉게 물들어

도원의 결의 화합으로 세상을 건설하리니
젊음은 거리에 서고
곧은 가로수 허공을 손잡아 솟아오르리라
이팝나무 하얀 꽃송이
배부른 나날을 약속하고 길마다 풍요를 노래하리

『시』

김 지 희

한마디

바닷바람에 흩날리는 내 머리와
밀려드는 파도에 스러지는
은발의 공통분모라니

약 력

- 월간 《韓國詩》(1999) 등단
- 중랑문학상 대상(2004)
- 한국문인협회 회원, 「바림」詩 동인
- 시집: 『그냥 물안개라 부를 수밖에』(2005), 『오래 입은 옷의 단
  추를 끼우듯』(2013)

세화리 38 외 2편
— 겨울

타닥타닥
솔가지 타는 소리

부뚜막 위로
피어오르는 연기는
차라리 매워서
그 지난한 삶을
가려주었는지 모른다

궁핍의 언저리에서
오는 봄이 반가웠을까

아궁이 속 불빛 너머로
온화한 미소
번지고 있다

은발 1

머리가 하얗다

언제부턴가
시가 씌어지지 않았다
머릿속이 텅 비어버린 듯
싯귀 한 줄도
떠오르지 않았다

괜스레
내리는 비를 탓하고
보드라운 햇살에게조차
생트집을 잡고 있었다

어느 날 문득
내 은발의
의미를 깨달았다

이럴 때는 잠시
숨 고르기도 필요하리라고

은발 2

으슥한 밤에
은밀한 거래라도
해 볼 요량으로
바다로 나갔다

오죽하면
통정이라도 하려 했을까

하지만
바다는 내게
눈길 한 번 주지 않았다

밤의 바다는
그야말로
은발이었다

바다도
시가 안 씌어지나 보다

바닷바람에 흩날리는 내 머리와
밀려드는 파도에 스러지는
은발의 공통분모라니

『시』

김 명 옥

한마디

빛바랜 이야기를
물결에 풀어 놓던
눈빛이 윤슬 같은
사람

약 력

- 《문학공간》(2002) 시 등단
- 중랑문학상 대상(2012)
- 한국문인협회 회원, 「바림」詩 동인
- 시집: 『물마루에 햇살 꽂히는 소리』, 『블루 음계』

휴지, 너도 데레사꽃 외 4편

앞이란 앞

다 닦아주고

뒤도 남몰래

닦아주다가

바닥에 떨어진 휴지 한 조각

바람이 두 손으로 들어 올려

한겨울 빈 꽃받침 위에 올려놓았다

보드랍게 구겨져서

더 따스한 저 꽃

지는 해 받아 안고

글썽글썽 피어난다

내남없이

아픔이 밖으로 넘쳐날 때

온 힘 다해 닦아주는 일이

소명이라며

저물도록 길섶에 서서

오는 발잔등

가는 발꿈치

닦아주고 있다

낮달

걷다 보니
목젖 감동이라고
써 붙인 호떡집 앞이에요
나긋나긋 꿀을 흘리는 호떡이
혹한의 입술을 핥고
혀를 녹이며 목젖까지 밀고 내려온다네요
끓는 기름에 손을 지져서라도
헛헛한 여자를 감동시키고 싶다면
호떡의 달착지근을 사는 수밖에요
지폐 몇 장 꺼내 손을 뻗었는데요
호떡이 방금 다 떨어졌다 하네요
내 차례까지 못 온 게 호떡만이 아니란 걸
깜빡 잊었네요
가진 게 추위와 허기와 씁쓸한 목젖뿐이라도
여자를 사려는 어리석은 짓은
하지 말아야 했어요
한껏 벌어졌던 목젖을
닫아걸기 싫은데
저기 저 빈 가지 너머
목젖을 삼킨 호떡이
구름 사이로
들어갑니다

풀벌레 울다

바스락거리며
말라가는 찔레 덤불에서
끊일 듯 이어지는
텅 빈 저 소리
나선으로 길게 풀려나온다
허공 어디로 놓아 보내는 전언인가
손을 휘저어 한 마디 건져
가슴에 넣어본다
누구에게 보내는 선율인가
가을이 깊어가니 어서 오라는 것인가
좀작살나무 열매가 다 떨어졌으니
그냥 가라는 것인가
소리의 결 올올이 헤쳐봐도
알 수가 없다
한 잎 남은 시간을 베고
잠든 구절초 흔들어 물어볼까
아서라
손 털고 떠나는 것들이 부르는 막바지의 노래
잃어버린 더듬이 쪽으로
안타까이 뻗는 가락이면 됐다

한 생 한 굽이 힘껏 살다 가노라는
끝 소절에 이르면
웃고 있어도 눈가에 이슬이 맺힌다

母

눈물
콧물
똥
오줌
묻지도 따지지도 않고
닦아주고
닦아주면서
엷어지고
엷어지다가
사라지고 마는
두루마리 휴지 하나

겨울 강 2

무슨 충격에
다시는
내다볼 일 없다는 듯이
문마다
얼음 각목을 쳐버렸는지
눈에 넣어도 아프지 않은
해오라기의 날갯짓
가마우지의 자맥질
그립지도 않은지
산 그리메와 한 약속
벌써 다 잊었는지
별빛도
달빛도 이제는 모다
별 볼 일 없다는 것인지
간간이 들러
빛바랜 이야기를
물결에 풀어 놓던
눈빛이 윤슬 같은
사람은 어쩌라는 것인지

『시』

김 기 순

한마디

무거운 수저에
새파란 추억을 얹어 놓고
파르르 떨리는 감성

약 력

- 《문학공간》(2002) 시 등단
- 알베르카뮈 문학상, 문학공간 본상(2017), 중랑문학상 대상
  (2018)
- 한국문인협회 회원, 「바림」詩 동인
- 시집: 『그대 내 곁에 있어만 준다면 좋겠네』, 『흔들리지 않는 건
  아무것도 없다』

늙은 호박 외 2편

세월을 차근차근
비끄러맨 늙은 호박
이제 나이 들어

불타던 정열도
가뭇없이 사라지고
아슬아슬한
줄타기도 멎었다

하루하루 무의미한 삶에
먼 산만 바라보며

다 떠난 빈 들에서
이제나저제나 뿌리째
뽑힐 날만 기다린다

어머니의 가을

옹골찬 수확의 기쁨
어머니의 정성과
땀방울이 함께 자란 결실이다
이른 봄부터 시작으로
허리 펼 날 없이 종종걸음치시며
쉴 틈 없이 밭일에 매달리신
어머니
그렇게 고단한 삶이지만
자식에게 나눠 줄 기쁨이 더 크셨다
가을이면 툇마루에
자루마다 칠 남매의
이름이 적혀 있을 즐거움을
먼저 떠올리시며
잔잔한 미소를 머금은
어머니의 얼굴은
보름달만큼이나 환하셨다

병상에서

찬란하던
장밋빛 인생도
세월에는 누구나 별수 없다

시나브로 사위어가는
삭정이 같은 인생

무거운 수저에
새파란 추억을 얹어 놓고
파르르 떨리는 감성

이제 더 바랄 건 없지만
다만 오늘,
안녕을 빌어본다

백 승 호

한마디

하늘 우러러
기도하는 설중매

약 력

- 월간 《문학공간》(2003) 등단
- 한국문인협회 회원, 「바림」 詩 동인
- 시집: 『한 방울의 물이 되어』(2010), 『골짜기 돌아 돌아』(2019)
- 사화집: 『바림의 시인들』 외 다수

다도해 외 4편

셀 수 없는
날들을
파도와 싸우면서
혼절하며 난산한
애틋한 피붙이들
바다는
외롭지 않아
금쪽같은 자식들

세월의 무게

여명보다
아름다운
저녁노을 앞에서
세모에 돌아보는
세월의
깊은 무게
산보다 더 무거워라
겨울로 가는
하얀 길

설경

아득한 허공에서
하늘이 내려온다
하염없이 맴돌며
겨울이 흩날린다
순결한
사랑으로 하얗게
소복소복 쌓인다

두향매(杜香梅)

산자수명 어우러진

고즈넉한 도산서원

임 향한 그리움에

애달픈 두향의 혼

무심한

하늘 우러러

기도하는 설중매

여의도 비가

거짓도 참도 없는
그들만의 논리가
손바닥보다
더 쉽게
사실을 뒤집는다
슬프다
아집과 독선들이
득세하는 여의도

이 경 구

한마디

목련이 피고
진달래 피면 온다던
친구가 생각나고
훈풍에 무거운 고개를 들어 본다

나는 지금 겨울을 배웅할 뿐이다

약 력

- 《문학세계》(2004) 시 등단
- 중랑문학상 대상(2011), 중랑신춘문예 입상(2006)
- 한국문인협회 회원, 한국문인협회 중랑지부장(8대), 중랑문인협회 명예회장, 시마을3050 동인
- 시집:『꽃을 키우는 남자』(2013)

겨울을 배웅하다 외 3편

겨우내 움츠렸던 꽃진 자리
남녘 바람이
담장 넘어와 수런수런 어루만진다
외투를 벗기 싫은 찬 바람은 아직 고샅 어귀에 머물러 있다

살구나무에 살가운 바람이
감돌고
꽃망울 통통 터트릴 준비한다

한 계절을 바꾸는 데 한몫을 한다

목련이 피고
진달래 피면 온다던
친구가 생각나고
훈풍에 무거운 고개를 들어 본다

나는 지금 겨울을 배웅할 뿐이다

동행

서울 둘레길 157킬로
봄, 여름, 가을, 겨울 길들이 엮여 있다

영하의 날씨에
후끈거리는 발을 개울물에 담근다

그리고 지나온 길을
돌아본다
이 길의 지도 하나쯤 내 발바닥에 새겨졌으리라

옆에서 함께 걷던 사람들은
다 어디로 갔을까
오늘도 누군가 내 곁을 떠났다

겨울을 안고 겨울 속으로 혼자 들어간다

눈 쌓인 길 위에 고단한 발을 벗어 두고
다시 원점으로 돌아온다

변신은 무죄

초겨울 아침
엄마의 손맛으로 끓인 시래깃국
매일 먹어도 질리지 않았던
그렇게 손 호호 불며 힘차게 책 보따리 둘러메고
초등학교에 다녔는데

밤새도록 해진 교복도 깁고
내복도 깁고
양발도 기우시며
새벽 별 나와야 쉬시던
어머니의 거친 손이 있었습니다

갑자기 손님이 들이닥칠 때
번개같이 과일 한 접시 뚝-딱 내놓던 손이 있었습니다
조마조마했던 마음이 느긋해져 풀어지는
그 손이었습니다

동창회 날
환갑 지난 그녀들의 손이
노래방에서 마음보다 먼저 거친 엄마 손이

과도를 잡는다
손님상에 과일 한 접시 뚝-딱 올라간다

천금 같은 손이 손주를 안고 웃고 있다

가족묘원(家族墓園)

고구마와 콩을 심은 곳에
멧돼지가 못 오게 전기 철책을 치고 돌아가려는데
산기슭 입구 공디에
고양이가 길을 막고 버티고 있다

차가 들이미는데도
누구냐는 듯 눈을 동그랗게 뜨고 쳐다만 보고 있다
육탄 방어를 하는 것인데
자기 영역이라고
몸으로 막고 떡 버티고 앉아 있다

산길 공터에도 주인이 있는 것을 미처 몰랐다

나도 선조들이 물려준 내 밭에
사람이나 짐승이나
함부로 못 들어오게 나의 영역을 지키고 있는 것이다

선조들이 집을 짓고
울타리를 치고
대대손손 일궈온 가계
아들 손자 그 아들의 증손자들

가족묘원이라는 표지석을 깃발처럼 묘지 앞에 세웠는데

묘(墓)를 묘(猫)로 잘못 안 것일까
지금 고양이와 전주 이씨 19대손이 21세기 공터에서 대치하고 있다

장 상 아

한마디

사람 위 사람 없고
사람 밑 사람 없다

약 력

- 《국제문예지》(2004) 등단
- 중랑문학상 우수상(2021)
- (사)종합문예유성 신문사 보도국장 · 기자, 글로벌문예대학교 (원) 언론 미디어학과 주임교수, 대한민국가곡작사가협회 상임 위원, (사)아시아문예 전남지회 여성회장, 카스문학회 사무총장, 편집장, (사)성경바로알리기운동본부 운영이사 · 교수
- 작사가, 시낭송가, 동화구연, MC

찬비 외 4편

무섭게 병마가 비를 뿌렸다
연약할 때로 연약해진 노모의 터
객지에서 위대로운 청년

울며불며 놓지 않는 할미의 품
두 돌 지난 아기에게 엄마 아빠 기억이란,

덜덜덜 수레가 행군한다
경칩을 맞이한 기쁨도 잠시
차가운 골목골목 수레가 행군한다

다 쓸어도
우리 집 지붕만은 비껴가겠지
요행은 삽시간
절벽의 홍수처럼 무너져 내리고

나는 여기, 너는 거기
도란도란 굽지 못한 세간의 시간
뿔뿔이 흩어지는 저녁

얼음장 같은 봄

비상

차꼬에 묶였어도 마음은 하늘 보좌
꼬리가 꼬리를 문 심판의 대서사시
역병의 기세를 뚫고 충천하는 홍매화

가지

뿔뿔이 흩어지는 들바람 불러모아
배설물 토해내듯 가지가 눈을 뜬다
산 들 강 논 언덕 개울 바람바람 꽃바람

녹슨 쇠

스스로 뽐내봐야 한순간 피그르르
사람 위 사람 없고 사람 밑 사람 없다
속사람 손실되고야 강해 봐야 봤자지

외톨이

열 달 동안 그도
애틋한 아가였을까

애틋한 그가 늙었다

핏덩이를 빼앗은 사람
빼앗긴 사람 품었던 사람
모두 가고 없는
세상 덩그러니

그도 늙었다

풍채 없는 박한 인심 속에서
잡초처럼 살아남은 계절,

이끼도 자연 일부라고
번죽 좋은 외투의 봄이
골목을 누비며 페달을 밟는다

꼬깃꼬깃 곤 때 묻은
하얀 마스크 검정 주머니

접었다 폈다 접었다 폈다

내년을 바라보는 희망 연금
접었다 폈다 접었다 폈다

김 미 애

한마디

오늘 하루도
무탈했던 이유는
어머니 기도였다는 걸

약 력

- 계간 《한국작가》(2005) 등단
- 《한국작가》 신인문학상(2005)
- 한국문인협회 회원, 수필가협회 회원

미움 외 3편

이마 한가운데 가부좌 틀고 있는
뾰루지 하나
방 뺄 생각은 아예 없는지

볼 때마다
눈엣가시다

쥐도 새도
모르게 없애버리겠다고
출동한 손톱은
변죽만 깔짝대다
포기한 자리에
일그러진 초승달 두 개만
덩그러니 남겨 놓았다

거울이
한마디 거든다
뿌리가 뽑혀야
사랑이 돋는다고

알겠다

새벽잠 마다하고
훌훌 털고 일어나
정한 물로 마음을 씻고
펼쳐 든 성경책
한 글자 한 글자
검지 짚어 가며
눈에
귀에
꾹꾹 눌러 담으신다

구순의 입술로 전하는
간절한 사랑의 길

아들딸
멀리 있는 손주까지
이름 하나하나
꼽아가며 기도하시니

오늘 하루도
무탈했던 이유는
어머니 기도였다는 걸

어느 할머니 이야기

사흘에 한 번
허리가 활처럼 휜 할머니가
불편한 설음으로 들어와
단팥빵 서너 개와 찹쌀 도넛 두어 개
손에 집어 든다

하루아침에 굽었을 리 없는
할머니의 허리
저 굽은 허리 안에는
얼마나 많은 눈물이 고여 있을까
부뚜막의 무쇠솥이 닳도록
열고 닫기를 수만 번일 테고
열이 펄펄 끓는 아이를 들쳐업고
어둠 속을 뛰기도 했을 터

한때는 그녀도
옹골지게 속이 꽉 찬 배추가 되어
어느 식탁의 주인공이었겠지만
수수깡처럼 가벼운 할머니의 손에서
구겨진 배춧잎 한 장이 나동그라진다

몸의 무게보다 더 무거워 뵈는
손에 든 빵도
정녕 그 입으로 들어갈 것은
분명 아닐 것이다

빵 한 봉지 들고
돌아서는 할머니의 등 뒤로
굽은 그림자 쓸쓸히 따라붙는다

참새 방앗간

해가 고개를 갸우뚱하는 오후

어린이집에서 돌아오는 길
손주 녀석 빵집 앞에서
딱풀 되어 요지부동이다

어제도 사고 그제도 샀는데 또 사?

초콜릿 손에 안 쥐면
한 걸음도 뗄 수 없다는 비장한 눈빛에
결국
오늘도
이쁜 고집 못 이기고
빵집으로 향하는 할머니

뽀로로 막대 초콜릿 하나
손에 들고
뽀롱뽀롱 걸어가는 손주에게
엄마한테 비밀이야

『시』

유 후 남

한마디

쪼그리고 있던 꽃들은
화창한 햇살에
배시시 웃음 짓고
흰구름은 춤을 춘다

약 력

- 《문학공간》(2007) 시 등단
- 중랑문학상 우수상(2016), 중랑신춘문예 입상(2006)
- 한국문인협회 회원, 시마을3050 동인

할매들의 반란 외 4편

46회 졸업생이
46년 만에
1박 2일의 나들이

돼지고기 넣고 찌개 한 냄비
삼계탕 한 솥
낙지볶음 두 접시

우리는 자랑스런
청소년적십자 단원

발목 잡힐 뻔하다

설레는 마음으로
강변역에 갔더니

한 명이 오는 도중
89세 친정아버지가
코로나 확진 통보받았다고

남편의 전화는
당신이 옆에 있다고
달라질 것이 없으니

갔다 오라고 등 떠민다.

가벼운 마음

하늘은 파랗고
동무들은 함박웃음이고

쪼그리고 있던 꽃들은
화창한 햇살에
배시시 웃음 짓고
흰 구름은 춤을 춘다

술떡이 맛나게 넘어가는
홍천휴게소.

바닷가에서

지면보다
수평선이 더 높아 보이는
횟집에서

눈이 즐겁고
침이 감도는 입안
식사는
저절로 소화되고

아쉽게도
청소년의 위장은 아니었다.

일곱 명의 추억

하루의 피로
물로 씻어 내고

케이크도 자르고 과일도 먹고
하하호호 즐기다

집으로 오는 길
남편이 확진이라고 온 전화
한아름 걱정을 안고
가던 친구

다음 날 본인도 확진인데
멀쩡하단다

그렇게 코로나 이겨내며
여행을 마쳤다.

정 송 희

한마디

그래 맞아 맞아
네 말이 맞아
속 시원히 비워 내고
발걸음 가볍게
훨훨 날아간다

약 력

- 계간《自由文學》(2007) 시부 2회 추천 완료 등단
- 중랑문학상 대상(2020), 한국방송통신대 '통문' 우수상(2012)
- 한국문인협회 회원, 한국自由文協 회원, 한국문인협회 중랑지부
  장(9대), 시마을3050 동인
- 시집:『무지개 짜는 초록베틀』(2014),『애플민트 허브』(2021)

봄 마중 외 4편

마른 풀 쑥 새순 돋운다

길고양이 담벼락 아래 햇살 마시는 하품

어깨 펴며 아랫배 홀쭉해진다

비 내린 논두렁 사잇길에서처럼

너와 내게 자꾸만 달라붙는 진흙

마른 풀숲에 비벼 놓고

아지랑이 너머 꿈 마중이나 갈까 보다

보슬비 내리면 피어 올 꽃 마중이나 갈까 보다

제주 한란

꽃대 올려
종꽃 매달았다

한 달쯤 맘껏
타종해 보리

나만의 향기로 달려가
당신 코 간질이고

코로나19에 지친 마음
그윽이 도닥여 주리

맞장구

풀숲에 참새들
어쩌고저쩌고

그래 그랬구나
서로 주고받는다

나뭇가지 의자로 옮겨 앉아
시시콜콜

그래 맞아 맞아
네 말이 맞아

속 시원히 비워 내고
발걸음 가볍게
훨훨 날아간다

호랑이 능선을 넘어가듯

쩌렁쩌렁한 울림
빛을 잃었네

눈빛마저 서리 내려
가는 길 서걱대네

왔던 길목 접어
빛이란 빛 거두네

자손들 어둠 밝혀 보려
붉은 낮빛 감추고

호랑이 서산 능선
어슬렁어슬렁 넘어가듯
우리네 어버이
한 줄 빛 찾아 요양원 가네

겨울 참새

바닥 콕콕 쪼며 수다로 바쁘다

옹기종기 카페에 너를 꺼내 하양하양 엎지르는
너는 눈 내린 들길 같다

하늘과 땅 사이 소리기둥 세우는
따뜻한 겨울 이야기

귀 열어 내 마음
여백을 채운다

정 여 울

한마디

햇살로 퍼져 나가는
무지갯빛 함성
눈부시게 아름답다

약 력

- 계간 《自由文學》(2009) 시부 2회 추천 완료 등단
- 중랑신춘문예 입상(2007), 중랑문학상 우수상(2017)
- 한국문인협회회원, 시마을3050 동인

봄 풍경 외 2편

온통 붓칠로 환하다

노랑 하양 분홍
웃음짓는 얼굴

설레는 첫걸음
반짝이는 눈빛
두근거리며 시작

햇살로 퍼져 나가는
무지갯빛 함성
눈부시게 아름답다

손길

어깨 위
살포시 앉은 꽃잎

목으로 사르르
녹아내리는 솜사탕

몽글몽글 피어올라
부풀어오르는 온몸

솜털구름 사이
햇살 타고 퍼지는 메아리

따스한 울림
서로가 서로를 물들여가고 있다

절박한 분노

이럴 수가!

뒤통수 빡치게 맞았다
아찔하다
터질 듯한 심장
화끈거리는 얼굴

바르르 떨리는 실눈
휘청이는 아슴한 불빛
잡아야 산다

머리 들고
큰 숨 내쉬며
움켜쥔 하늘

분노는 에너지
더 단단해져야
비 온 뒤의 땅이 더 굳다

힘껏 페달을 밟는다

권 재 호

한마디

너와 나의 어울림으로
오늘을 만들어 간다

약 력

• 《자유문학》(2012) 시 등단
• 중랑문학상 우수상(2020)
• 한국문인협회 회원, 자유문인협회 회원, 시마을3050 동인
• 동인공저:『소리없는 계절』,『찔레꽃 잠깐 피었을까』

중심을 찾아 외 4편

바닥에 물을 채워
중심 잡고 항해하는 배를 본다

테니스공 칠 때
중심을 잡기 위해
몸을 낮춘다

하릴없는 노후
흔들리지 않을
소일거리 찾아 나선다

하늘 말씀
— 마스크

코와 입을 가려라

너와 나 사이
어떤 것도 끼지 못하게

모두 모두
입마개 씌워서
격리 시작한다

자연과 인간
함께 살라고

하눌님 말씀

몽돌의 가치

냄비에 몽돌과 물을 넣고
끓인다
뜨서워신 돌
수건에 싸서 배에 올리니
온몸을 데워 준다
마음도 따뜻해지고
보이는 사물마다
따뜻하다

피아노

피아노를 친다

흰 건반과 검은 건반이
순간순간 소리를 모아서
화음을 엮어
흥을 만든다
곡 따라 건반 따라
마음 따라
너와 나의 어울림으로
오늘을 만들어 간다

할미꽃

바위틈에
할미꽃 피어 있다

허리 굽혀
먼저 건네는 인사
멋지다

안녕하세요?

자줏빛 웃음이 곱다

『시』

윤 숙

한마디

배롱나무꽃 호수에 비치면
잉어가 꽃인지 꽃이 잉어인지
잔잔한 물결 속 나도 침어(針漁)되어
하나가 된다

약 력

- 《자유문학》(2013) 시 등단
- 중랑문학상 우수상(2018)
- 한국문인협회, 자유문인협회, 중랑문인협회 사무국장, 시마을
  3050동인
- 동인공저:『소리없는 계절』,『찔레꽃 잠깐 피었을까』

불꽃피우기 외 2편

미역국을 끓인다
스멀스멀 신열이 오르더니
구석구석 온몸 더워지더니
헉헉 차오르는 숨결 견딜 수 없어
더는 참을 수 없어
들썩들썩 냄비뚜껑을 밀어 올리다
온몸 불꽃으로 타오르다
춤을 춘다

알 수 없다 네 마음
짠지 매운지 싱거운지
도무지 드러나지 않아 밋밋하기만 한 그 마음
다시 뜨거워질 수 있을까

뒹굴고 깨지고 외롭고 슬픈 시간을 견디다 보면
반드시 끓어오를 수 있으리

단풍잎 하나

노을도

허리 휜 노인의 뒷모습도

뒤따르는 누렁이도

하나의 마음으로 익어간다

그걸 물끄러미 보고 있는 단풍나무가

붉은 잎 하나 저도 모르게

사르르 떨어뜨린다

숲이 부른다

울산대공원 숲길을 걷는다
늦은 매미 소리 짙은
배롱나무꽃 무더기무더기
단풍나무 소나무 굴참나무 어우러진
고즈넉한 숲길이 심장박동을 느리게 한다

누가 부른 것도 아닌데
계산되지 않는 내 발길을
어서 오라 반긴다

그리운 품속이다
상처 있는 모든 것은 새살이 돋는다
때때로 스크래치 된 마음
위로가 필요할 때
몸이 먼저 찾는 숲길이다

배롱나무꽃 호수에 비치면
잉어가 꽃인지 꽃이 잉어인지
잔잔한 물결 속 나도 침어(針漁)되어
하나가 된다

강 태 호

한마디

달나라 별나라 이야기보다
더 아름답고 행복한 詩세계의 꿈의 꽃을 피우며

약 력

- 월간 《조선문학》(2013) 등단
- 건국대학교 법학과 졸업, 행정대학원 졸업
- 한국시인협회 발전위원, 서울특별시 시우회(중랑구) 운영위원,
  한국생활문학문인회 회원
- 국제펜문학 회원

운현궁(雲峴宮) 돌담길 외 1편

우리는 걸었다 운현궁 돌담길
깊어가는 초가을의 어느 날 밤

朝鮮末의 소용돌이 역사가 살아 숨 쉬는 듯한
돌담 안의 운현궁은 잠들어 가는데

오가는 사람 없는 돌담 밖
달빛 쏟아지는 허황한 거리
시인과 평론가는 나란히 걸었다

詩와 評論과는 다른 세계 이야기로 꽃을 피우며
달나라 별나라 이야기보다
더 아름답고 행복한 詩세계의 꿈의 꽃을 피우며

자칫 서로 사랑에 대한 꽃도 피울 뻔하였다
祕苑 하늘 바라보며 잠깐 침묵의 시간 걸었다
왕들의 갑질·직류 사랑이 아닌 평등·교류의 사랑
아니 결국 들국화 사랑에 대한 꿈의 꽃도 피웠다

서로 눈동자 마주 보았다 깊이를 알 수 없는 섬광의 눈동자
잠깐 걸음 멈추고 뜨겁고 황홀한 세계에 빠져

우주선 속에서 遊泳하는 듯한 낭만의 세계의 사랑의 遊戱
詩적인 사랑에 영원하고 싶은 몇 조각의 순간들

둘만이 걸었다 돌담길의 가로등은 우리가 걷는 길을 밝혀주고
가슴속 심장의 박동은 꿈결 같은 사랑의 선율로 피어나는데
밤하늘의 달과 별들은 우리를 부러운 눈으로 지켜보는 길

* 2020. 9. 하순. 깊어가는 밤, 운현궁 돌담길에서

미소 짓는 흉상(胸像 The Smiling Sculpture Bust.)

바다와 같은 온 세상에
떠 있는 흉상

물속에 잠긴 육신은
이리저리 둘러보면 대충 알 수 있으나

물 위에 드러나 있는
흉상의 머릿속과 가슴속 그리고 얼굴은

이리저리 둘러보고 살펴보고
곰곰이 생각하고 상상해도 알 수 없어 헤매는데

얼굴은 야릇한 회심의 미소 짓는
신비스러운 인간의 흉상(胸像)

그토록 알고 싶은 당신의 진실은
알 수 없는 사람의 속내

다중적다면적은유성(多重的多面的隱喩性)의 현대인
인간 내면의 심오한 심미성(深美性)의 한계는

『시』

한마디

송별은 이듬해 내리는 빗방울과 같아서
사랑한다는 말보다 오염되지 않은
사랑하리라는 말을 더 좋아합니다

약 력

- 《우리詩》(2015) 등단
- 중랑신춘문예 시 부문 수상(2010)
- 참빛문학상(2014), 중랑문학상 우수상(2020)
- 우리시회 회원
- 공저: 『익혀 내는 건 불꽃이 아니다』 외 다수

꽃소금 팝니다 외 4편

경춘선 숲길에 낙엽이 지고 있지

일찌감치 나타난 붕어빵 장수와 건어물 장수와
총각무 가득 실은 장수들

그리고 햇살 위 유유히 떠다니는 녹슨 트럭 하나

어느 메마른 염전에서 거슬러 왔는지
공중 부양하듯 튕겨 나가는 유충 하나
소금쟁이 혹은 가난쟁이

소금쟁이 잡으려다가 너무 빨라 잡지 못하는
지하 월세방 전전하는 벗 하나

직장 한번 진득하게 다니지 못하고 퇴사할 무렵
다람쥐 분주할 무렵

그 무렵 트럭 아저씨 꽃소금 팔러 오지
꽃소금 눈부셔 가난을 허물어버리지

칼 갈아드립니다

그동안 우린 얼마나 양심이 무뎌졌는가

그동안 우린 탐욕에 얼마나 그을려 있었나

그동안 우린 거짓에 얼마나 통곡하며 울었는가

그동안 우린 얼마나 사랑이 식었는가

먼 강을 건너온 새들과 저 비탈 목마른 들풀까지도

고갤 들어 바람에 날을 세우는데

심장에 녹슬고 무뎌진 칼들을 모두 가져오라

은혜로 얻은 음식을 모두 가져오라

금이빨 삽니다

가난했던 우주에 노란 행성이 들어설 때

양식 잎에서 나는 겸손했고

식탁은 죽음보다도 빛났다

불같은 혀와 욕심은 의로운 죽음의 소유물이 아니라고

말의 스승은 설교했다

수십 년 욕을 내뱉거나 상처를 씹어대기 시작할 때

잇몸은 욱신거렸고 스승의 말은 배신하기 시작했다

당신의 금이빨을 산다는 구두 수선점의 광고

내 이빨이 문뜩 배신할 채비를 하고

미처 덜 씹은 용서의 목록들이 무섭게 파고든다

마감 임박

홈쇼핑을 보다가 슬픔에 물었네

마감이 임박했느냐고

차가운 세상에는 수천 그루의 흰 뼈들이 서 있었네!

저 멀리 동장군처럼 나도 서서

바람과 혹한을 견디며 이겨내고 있는 오늘

매섭도록 흰 뼈를 만들고

하얗게 질린 나무 안쪽 흐르는 피

영혼을 감싸고 있는 껍질이 희디흰 갑옷이 되도록

단단한 우리를 만들고 있던 나날들

마감은 생존의 설계일 뿐

아궁이 마지막 자작자작 불타는 희열을 향하여

거리의 수천 그루 자작나무를 보라 했네!

고별 정리

담벼락 포스터에 마주 서서 이별에 물었네
그리움이 임박했느냐고

그리하여

이별이 아닌 송별입니다
송별은 이듬해 내리는 빗방울과 같아서

사랑한다는 말보다 오염되지 않은
사랑하리라는 말을 더 좋아합니다

그대가 보고 싶거나
그대가 영영 떠났다는 것은
떠나 있던 당신이 다시 내게로 온 것과 다름이 없습니다

암 투병으로 내리는 잔잔한 빗방울

작별의 세상에서 쏟아지던 가슴의 폭우

『시』

전 소 이

한마디

버려진 화분에 봄을 심으니
꽃도 좋은가 보다

향기 뿜뿜

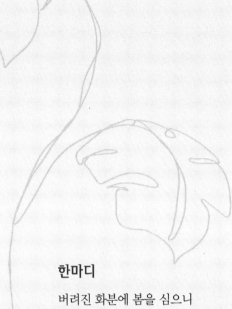

약 력

- 《문예비전》(2017) 시 등단
- 울타리 동인
- 대한민국미술대전 서양화 부문 입선(2011)

마중물 외 4편

지금은 쓰지 않는 녹슨 손 펌프

삐이~익 빽 목쉰 소리를 낼 때면
화들짝 씨앗물 한 바가지를 마중 보내
지하 물을 끌어 올렸다

작은 일로
친구나 이웃 사이 교류가 끊겼을 때
화해의 물 끌어 올리는 씨앗물 있다
"내 탓이요"

먼저 손 내민다.

봄과 화분

봄을 파는 꽃차를 만나
산당화 한 그루 샀다

버려진 화분에 봄을 심으니
꽃도 좋은가 보다
향기 뿜뿜

다음 날 아침 화분 찾는다는 벽보
파 심을 거라고

이 화분이 그 화분.

단짝

울퉁불퉁 모과 둘이서
도란도란 사는 이야기 쏟아 놓고 울다가 웃다가

좋은 경치 볼 때나
맛있는 음식 앞에서
가장 먼저 생각나는 사람

멀리 떨어져 있어도
오래 헤어져 살아도
매일 마음으로 만나는 우리
어떻게 살았는지 서로 다 안다.

이 또한 지나가리라

말로는 잊었노라 해놓고

바람이 불면 바람이 슬프고
햇빛 고운 날은 햇빛이 외로운
마음 따라 가다보면 어느새
너 없는 카페에 당도해 있다

사랑도 미움도
마음이 바라보는 그대로 오는 알레르기 같은 것

떠도는 부초
헤집기보다 담담히 흘러보내는 강을 보라

이 또한 지나가리라
강물처럼 흘러가리라.

방생

이제 가보렴

강물에 너를 떠나보낸다
하늘로 가서 별이 되든지
항구로 가서 등대가 되든지

조금 전 떠나 보낸 내 슬픔

햇빛 받아 잠방대는 은빛 물고기.

『시』

함 경 달

한마디

오늘도 어둠을 헤치고 어김없이 새벽이 왔다
거대한 태양이 동해에서 떠오르고
한강 물은 출렁거리며 평화를 속삭인다.

약 력

- 《문예사조》(2018) 등단
- 문예사조문학상 최우수상, 전우뉴스신문 최우수상(2020), 대한
  법률신문사 시 부문 최우수상(2021), 수필 부문 최우수상(2019),
  대한민국보국훈장삼일장 수상
- 한국문인협회 회원, 문예사조편집위 부회장, 한국전쟁문학회 이사
- 저서:『나의 조국』(2021)

대한민국! 태양이 떠오른다 외 1편

우리는 국민통합과 국리민복(國利民福) 추구하는
제20대 대통령 취임을 맞이하여 감히 이 시(詩)를 바친다.
우리를 갈라놓은 걸림돌이 무엇인지 주시(注視)하고
5천만 우리 국민 다 함께 조화(造化)와 평화를
공존하며 국익 증진과 국가 안보를 갈망(渴望)하고 있다.

우리 조국은 인고(忍苦)의 오천 년 부서지지 않았다
몽골 '살리타이' 말굽 소리도 견디어 냈다
청일전쟁 노일전쟁의 포성에도 놀라지 않았고
일제(日帝)식민지 35년의 고통 이겨낸 민족이다.
오랜 어둠 속에서 빛을 찾아 다부지게 헤쳐 왔다.

오늘도 어둠을 헤치고 어김없이 새벽이 왔다
거대한 태양이 동해에서 떠오르고
한강 물은 출렁거리며 평화를 속삭인다.
동방의 등불 대한민국의 평화 안전을 위해
더 이상 불순세력의 선전·선동을 용납할 수 없다.

우리는 자유민주주의와 시장경제 이념을 껴안고
허리띠를 졸라매며 '한강의 기적' 이루었다
패배를 모르는 불사신 같은 존재보다 서로를

갉아먹은 걸림돌 같은 분열과 파괴 세력에 대비(對比)
상처를 입을지언정 결코 평화(平和)를 포기할 수 없다.

우리는 강대국 러시아가 약소국 우크라이나를
무력 침략하여 초토화시킨 아비규환 참상을 바라보며
주변 강대국 틈에서 엄습해오는 불안 떨쳐버릴 수 없다.

우리는 자랑스러운 홍익인간 백의민족이다
조상 대대로 물려받은 여명(黎明)의 가치(價値) 속에
반만년 역사 지탱해 온 아름다운 금수강산을 향하여
오늘도 희망찬 태양이 담대(膽大)하게 떠오른다.

민초들은 기도드린다. 전 국민 한마음으로 응축(凝縮)하여
찬란한 민족문화 · 부국강병(富國强兵) 희구(希求)한다고…….

노인과 독서(讀書)

※ 가을은 독서의 계절이다. 지하철에서 만난 팔순노인은 대한민국 경제 대국 10위권
발전의 주인공이시다. 지혜와 지식, 교양으로 가득하신 어르신의 독서 모습이다.

할아버지는 책 한 권 가슴에 안고

지하철에 올라 말없이 창밖을 쳐다보신다

돋보기안경 너머로 책을 읽고 교양을 넓히시며

심신 수양에 모든 시간을 투자하신 분이다

독서삼매(讀書三昧)에 빠진 꼬부랑 노인 옆을

지나치는 젊은이는 간혹(間或) 쳐다본다
책장 한 장 한 장을 넘기시는 할아버지는
옆자리에 누가 오고 가는지 관심이 없다

노인은 젊었을 때 문화와 예술을 사랑했지만
직장 일에 충실했고 벗들과 인생을 주로 논하셨다
하루 일주일 일 년이 지나도 신문 잡지만 훑어보시고
독서(讀書) 참사랑에 빠져본 적이 없으셨다

자식들이 성장했고 손자 손녀들이 태어났다
정년퇴직 후부터 문학에 도취(陶醉)되었다
시와 수필 등 문학 서적에 열정을 쏟다 보니
영혼(靈魂)이 더욱 성장되었고 세계관이 달라지셨다

오늘은 인천 딸 집을 향해 지하철 1호선에 몸을 실었다
"한 시간이 왜 이리 빠른지 모르신다"는 뒷말이다
대한민국 국민의 교육열은 세계 첫 번째다
해방 후 세계 최빈국에서 70여 년 만에
10대 경제 대국으로 발전했고 불우이웃 국가도 돕고 있다

노인은 책 속의 주인공이 된 것처럼 미소 지었다

독서 습관은 미래 제4차 산업혁명 성공의 지름길이다
지혜(智慧)로 가득 찬 세상 경륜
지식(知識)과 교양으로 달구어진
흰머리 주름진 그 모습 더욱 알차게 돋보인다.

『시』

박 은 숙

한마디

당신도 아름답습니다
죽음의 경계에서
피어난 꽃이여!

약 력

• 중랑신춘문예 입상(2008)

가을, 날아오르다 외 2편

이슬 내려앉은 벤치에
앉아
별을 본다

또루 또르르 또르르르루

미래를 꿈꾸던 푸른 이야기들
향기 흩뿌리던 해맑은 미소
지금은
불꽃으로 사그라진……

벗이여!

시린 바람 불어오면
온 마음 내어주고
자유를 얻는 가을처럼

그날에도,

또루 또르르루 또루루루루

첫눈은 내린다

첫눈이다!

설렘과 아름다움과 알 수 없는 기대가
흔적 없이 사라져 가는,
빛나던 네가 식어 가는,

날이다

꽃

당신도 아름답습니다
죽음의 경계에서
피어난 꽃이여!

『시』

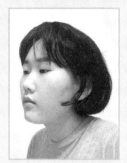

나 현 명

한마디

난 사랑에 빠지지 않았어요
당신이 없을 때도 심장이 붉어진걸요

약 력

• 제2회 중랑문학상 입상(2017)

작은 여우 외 1편

물 한 모금만 주세요
작은 여우가 말했습니다

심장이란 붉은 보석이 식을 거예요
작은 여우가 다시 말했습니다

난 사랑에 빠지지 않았어요
당신이 없을 때도 심장이 붉어진걸요

당신은 생각에 잠겼습니다
그리곤 말했죠

사랑은 보이지 않아요

지금 물 한 모금을 준다면
용기 낸 작은 여우를
평생 잊지 못하겠죠

얼굴도 맘껏
떠올리지 못할 거예요

서울, 시

얼룩진 달은 떠올라
흰 별이 머뭇거린 서울,
시가 이젠 아닙니다

나만의 밤은
긴 어둠 속 빛이 됐고

더 이상 서울,
시는 까맣지 않습니다

『시』

김 종 화

한마디

불 꺼진 도다리쑥국 집과 마주한 GS25 앞에서
나는 네게로 가는 길을 잃어버렸다

약 력

• 중랑문학 신인상 최우수수상(2021)

용마폭포공원 외 4편

폭포가 멈춰 서자
하늘이 떠나고
사람들이 떠나고
비둘기 떼가 떠나고

검은 길고양이 한 마리가
한층 짧아진 그림자에 간신히 기대고 서 있는
클라이밍 타워 앞을 게으른 걸음으로 지나쳐 간다

폭포가 멈춰선 용마폭포공원에는 공원만 남아
오후의 늘어가는 햇볕에 푸르름만 키우고
용마폭포는 여전히 용수교체 및 수조 청소 중

멀리 기차역이 내려다보이는 병실

흐리멍덩한 오후

유약해진 의식과
탄력을 잃은 시간들이
자전의 속도를 이기지 못하고 비틀거린다

세상과 마주한 붙박이 창

휴지 조각처럼 구겨진 하늘과
비만해진 계절이 걸려 있고
간헐적으로 춘천행 기차가 뇌세포 속을 횡단해간다

귀로

박경리 기념관에서 중앙시장을 거쳐
죽림동으로 이어지는 길은
유난히도 밤이 빨리 찾아왔고
시외버스터미널을 지나
불 꺼진 도다리쑥국 집과 마주한 GS25 앞에서
나는 네게로 가는 길을 잃어버렸다

정동진

오래된 음모처럼 비가 내린다
몇 개의 낡은 벤치와
몇 그루의 나지막한 소나무와
조금은 어색한 듯 서 있는 신봉승의 시비가
아무렇지도 않게 비를 맞고 있다
저녁 무렵에는 바람개비 군락지를 지나
물기를 흠뻑 머금은 어두움 속으로
청량리행 기차가 떠나고
정동진은 밤새 잠들지 못한 채 온몸을 뒤척인다

수륙재(水陸齋)
— 천안함 희생자들을 추모하며

오늘은
이끼 낀 시간을 건져 올린다
칠흑 깊은 어두움을 건져 올린다

다시 오늘은
엇갈리는 꿈으로 하루가 지쳐간다
피안에 이르지 못한 영혼들의 애증을 지켜볼 뿐이다

그리고 오늘은
자목련의 가지 끝에서 속절없는 4월의 밤이 지고 있다

이 향 자

한마디

'괜찮다 걱정하지 마라'
여울지는 그 말씀

약 력

- 《시조생활》(1998) 등단
- 세계전통시인협회 회원, 한국시조시인협회 회원
- 시조집: 『솔이 사는 절벽』(2018)

직박구리 한 쌍 외 2편

널어놓은 무말랭이 쪼아먹는 직박구리

언제나 둘이라서 보기에 흐뭇하다

달콤한 열매가 많아도 가끔 와서 기웃댄다

도랑물 따라가면

원추리꽃 여기저기
밭둑길 옆 도랑물

도랑물 따라가면
이모 계신 빨래터

반갑게 맞아주시던
또 한 송이 원추리꽃

눈길

고향 집에 홀로 계신
아버지 배웅하고

돌아오는 눈물길
포개 보는 발자국

'괜찮다 걱정하지 마라'
여울지는 그 말씀

한 상 목

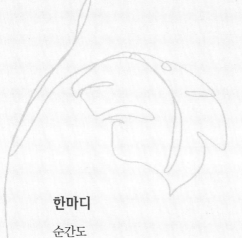

한마디

순간도
놓치기 싫은
짧은 꿈의 긴 여운

약 력

• 《자유문학》(2008) 등단
• 한국문인협회, 한국자유문인협회, 한국시조시인협회 회원
• 중랑문인협회 감사

눈밭 외 2편

아무도 밟지 않은 새하얀 숫눈 위에
대자로 누워보니 드높던 저 하늘이
내 품에
들어와 있어
온 세상 내 것 같다

가만히 손을 뻗어 허공을 쥐어본다
두 손에 잡힐듯한 순백의 눈꽃 세상
마음속
내 영혼까지
하얗게 물들인다.

짧은 사랑

숨조차 멎을 듯한
황홀하던 그 순간

울리는 벨 소리에
깨어난 아쉬움이

순간도
놓치기 싫은
짧은 꿈의 긴 여운.

조팝꽃

생글대는 봄바람에
술렁이는 가지마다

속울음 아름아름
참아 냈던 조팝꽃이
용마산 가슴골 보고 흐드러진 함박웃음

가지 끝 마디마디
튀겨진 밥풀꽃을

한 마리 곤줄박이
먹이인 줄 알았는지
꽃잎을 쪼아 물고서 눈동자만 멀뚱멀뚱.

『시조』

이형남

한마디

잊혀진 아우라 찾아

느낌표 하나

찍는 시(時)

약 력

- 《중앙시조》(2011) 장원, 《시조시학》 신인상
- 한국가사문학 대상(2021), 중랑문학상 우수상(2017), 열린시학 상(2018)
- 열린시학 이사, 중랑문인협회 이사, 시조시인협회 회원
- 시조집: 『쉼표, 또 하나의 하늘이다』, 현대시조 100인선 『꽃, 광장을 능치다』
- 동시조집: 『나무 이발사』

아픔을 쓸어내리다 외 4편

오는 봄 앞세우고 벙글거리는 둘째 누이

마른 풀숲 깽깽이풀

꽃 더미 환한 빛이다

숨 막힌

격리 잊었나,

순간 모두 죄인인 걸

숲이 되기까지

아픔이 자라는지 붉게 핀 꽃가지에

정형화된 나목들의 뿌리가 사유로 앉아

잊혀진 아우라 찾아

느낌표 하나

찍는 시(時)

그래, 잠시 쉬어가도 괜찮아
— 에델바이스의 바람

가던 길 잃었을 때
꽃 이름을 불렀다

눈물마저 말라버린 볕바라기 솜다리 그녀

내게 와
하얗게 웃는다
뽀송하다
그 숨결

느낌표 하나 달고

날이 선 것들은
상징으로
비상하는가
봄 바다 포말이 새 떼로 앉은 자리
어머니 더 선명하게
이미지만 드넓다

재의 수요일

꽃 앞에 서 있을 때
모두가 왜 겸허해지나
기다리고 바라만 봐도 서로를 배는 끈 있어
그렇게 꽃은 사람을 조건 없이 변화시키나
어둠을 씻는 소리 낮과 밤이 먼저 알아
달이 되고 별을 넘어 내일을 비추는가,
낮아져 엎드려 비는
내 속의 얼룩이 깊다

유 재 홍

한마디

눈길에 쌓이는 고요
겨울 산을 내려온다

약 력

- 《시조생활》(2011) 등단
- 시천문학 작품상(2016), 중랑문학상 우수상(2019)
- 세계전통시인협회 회원, 국제펜클럽한국본부 회원, 한국문인협
  회 회원, 한국시조시인협회 회원
- 시조집: 『그대 떠난 뒤』(2017)

봄은 또 오는데 외 2편

나 홀로 서성이는 봉화산 옹기터공원

새순 놓는 굴참나무 꽃같이 곱구나

그 사람 함께 있다면 얼마나 좋을까

작은 화단

어린 시절 보던 꽃은
언제라도 정겹다

내 누이 손톱에서
다시 피던 봉숭아

때 이른 코스모스가
분꽃 곁에 산들댄다

겨울 어스름

저녁노을 스러진 검푸른 서쪽 하늘

실눈 뜬 초승달이 유난히도 청아하다

눈길에 쌓이는 고요 겨울 산을 내려온다

『시조』

박 헌 수

한마디

사자처럼 포효(咆哮)하고
독수리처럼 비상(飛翔)하라
내 나라 나아갈 길에
지킴이가 되리니.

약 력

- 《시조생활》(2012) 등단
- 녹조근저훈장 수여, 보이스카웃 무궁화금장 수여
- 창동고등학교 교장 역임

철새 떼 발질 외 1편

얼음판 녹은 사이 중랑천 물새 떼야
시린 발 녹이려고 발질이 잽싼 거니
아니오 새끼들 먹이 잡아내야 해서요.

건아들아

내일의 건아들아
기념석* 글귀대로
사자처럼 포효(咆哮)하고
독수리처럼 비상(飛翔)하라
내 나라 나아갈 길에
지킴이가 되리니.

*기념석: 창동고등학교 정문 안 왼쪽에 세워진 바위

『동시』

한마디

일기, 미세 먼지 예보는
똑똑하게 대답하는 지니도
바다에 오니
정보가 풀린 것 같다.

약 력

- 《문학공간》(1997) 수필, 《아동문학연구》(2001) 동시, 《시와시학》(2007) 시 당선
- 우리나라좋은동시문학상(2018), 인산기행수필문학상(2018) 수상 외
- 한국문인협회 중랑지부장(7대), 중랑문인협회 고문, 한국동시문학회 부회장, 『한국수필』 편집차장
- 수필집 『지하철 거꾸로 타다』 외 2권, 동시집 『파일 찾기』 외 3권, 시집 『세상의 모든 금복이를 위한 기도』

아이스크림을 먹을 때마다 외 4편

하얀 수염을 깎는다
휴지로도 잘 깎이는
달콤한 수염이나.

이유 있는 게으름

- 지저분한 넝쿨 좀 치우자고요.

엄마의 잔소리에도 꿈쩍 안 하더니
산수유꽃 노랗게 웃을 때쯤
아빠가 다래 넝쿨 걷어 냈다

가지마다 덮고 있던 넝쿨 이불
그때서야 개켰다.

지니도 풀렸다

꽉꽉 막힌 여름휴가 가는 길
짜증을 내는 내게 아빠가 화를 냈다
참을성 없다고…….

바다에 도착하니 짜증이 풀렸다
아빠 화도 좀 풀린 것 같아서
지니에게 살짝 물어봤다.

"지금 우리 아빠 기분은 어때?"
–잘 모르겠어요.
"우리 아빠 기분 어떠냐고?"
–개구리 반찬을 좋아합니다.

일기, 미세 먼지 예보는
똑똑하게 대답하는 지니도
바다에 오니
정보가 풀린 것 같다.

풍선 인형

겨우내 '비대면' 한 내 자전거
바퀴가 시무룩하다

자전거 가게로 가다 보니
우리 동네 유명한 음식점 앞
풍선 인형 쭈그러져 누워 있다

오지 않는 손님 부르느라
허리 굽실거리고 팔 휘젓다가
기운 다 빠졌나보다

내 자전거는 바람 넣고 씽씽 달리는데
풍선 인형 춤은 언제 볼 수 있을까.

학교 가는 길

나는 올해 초등학생이 됩니다.
아빠가 다녔던 학교에 갑니다.

아빠 손잡고 학교 구경 가는 길,
노인정 다녀오는 동네 할머니께 아빠가 인사합니다.
"정규구나! 어디 가니?"
"학교 가요. 아들이 올해 입학하거든요."

유리창 닦고 있는 문방구 할아버지께도 인사합니다.
"정규구나! 어디 가니?"
"학교 가요. 아들이 올해 입학하거든요."

우리 집에서 학교까지 3백 걸음도 안 되는데
교문까지 가는 데 30분도 더 걸립니다.

디카-시 (digital camera詩)

디지털카메라로 자연이나 사물에서 시적 형상을 포착하여 찍은 영상과 함께 문자로 표현한 시, 실시간으로 소통하는 디지털 시대의 새로운 문학 장르로, 언어 예술이라는 기존의 범주를 확장하여 영상과 문자를 하나의 텍스트로 결합한 멀티 언어 예술이다. 〈출처: 국립국어원 우리말샘〉

『디카시』

정 미 순

한마디

고개 들면 가려진 것들이 보인다
멀리서 헤매던 길도 보인다

약력

• 《문예사조》(1995) 시 등단
• 중랑문학상 본상(2007)

균형 외 4편

흙을 떼어 붙이다 보면

비대칭의 교만

다시 깎아 내다 보면 정죄

적당하다는 건 어느 정도일까?

시선

노모는, 오늘보다 멀고 먼
당신의 과거를 밤새 보이듯 말씀하신다
보이는 것보다
보이지 않는 것이 실제 같으시다

배경 되어주기

검은빛으로 누운 산
살짝살짝 그어진 전류
바람의 흔적이 묻은 깃발

촉수를 줄이는 주변이 있기에
눈부시도록 빛나는 노을

길

고개 들면 가려진 것들이 보인다
멀리서 헤매던 길도 보인다

쓸모

낮아지니 넓어지네요
묻어가니 모이네요
내어주니 터가 되네요

『디카시』

송 재 옥

한마디

북향화 몰려온 어느 봄날
환몽처럼 가슴 부풀고 꿈결처럼 아스랗다

약 력

- 《순수문학》(2000) 등단
- 한국방송통신대학교 통문제 대상(2001), 평사리문학상(2001),
  중랑문학상 우수상(2008), 중랑문학상 대상(2010)
- 글빛나래수필 동인, 디카시 마니아 회원

철새 외 4편

북쪽만 보고 있던 새 떼들
날개를 펴며 방향 감각을 잃는다
다음 안착을 위한 군무다
북향화* 몰려온 어느 봄날
환몽처럼 가슴 부풀고 꿈결처럼 아스랗다

*백목련의 다른 이름

나도 그렇다

물방울 하나하나
젖었으므로 존재한다

방

내 안의 수많은 경계들
깨끗하거나 먼지가 쌓였거나
눈물 자국이 흥건하기도 하겠지
나에게조차도 닫아걸고 싶은 데도 있어
오늘은 활짝 열고 햇살이 들게 한다

귤

꽃으로 그늘로 과즙으로
사람들에게 즐거움이 되었지
밝혀주는 일이 참 뜨겁다

흐름

꽃으로 달려온 시간이 떠나고 있다
새봄에 새물로 오려는 시작이다
긴 그림자도 하루를 열었다

『디카시』

손 귀 례

한마디

그렇다니 고맙습니다
그리하여 행복합니다
그러므로 같이갑시다

약 력

- 《한맥문학》(2001) 수필 등단, 《문학공간》(2002) 시 등단
- 《한국사진문학》 디카시 신인상(2021), 《시인투데이문학상》 디카시 최우수상(2021)
- 중랑문학상 시 우수상(2004), 중랑문학상 수필 대상(2019), 최명희 혼불상 으뜸상(2006)
- 한국문인협회 회원, 서울디카시인협회 운영위원, 글빛나래수필 동인회장, 논술학원 원장
- 시집: 『뚜껑』(2012), 『옴파로스』(2019), 디카시집 『오늘은 디카시 한잔』(2022)
- 수필집 : 『물음』(2017)

모집 요강 외 4편

단아한 용모에
아이디어가 '샘' 솟는
실버 인력을 구합니다

등굣길

한껏 부푼 꿈, 가방 가득 등에 메고
오빠를 꼭 잡은 야물딱진 손 좀 보소
삐약이 눈엔 건널목이 주작대로 같겠지

미담(美談)

오늘도 이어지고 있는
이름 없는 천사들의
발걸음

현호색

아득히 먼 산 저쪽에

그리움 하나 걸려있습니다

포롱포롱 날아갈 준비되어 있습니다

우리는 하나

점례와 점순이
입 모양은
조금씩 다르지만

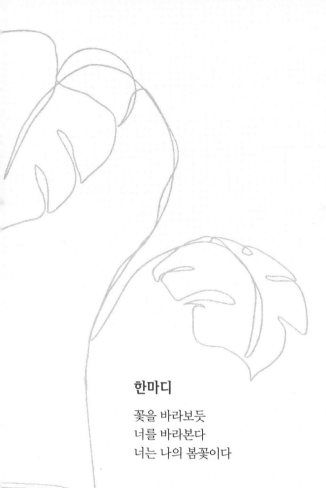

『디카시』

조 금 주

한마디

꽃을 바라보듯
너를 바라본다
너는 나의 봄꽃이다

약 력

- 《국보문학》(2010) 시 등단
- 국보문학신인상 수상
- 시집: 『어머니 당신은 꽃』

난 너만 보여 외 4편

꽃을 바라보듯
너를 바라본다
너는 나의 봄꽃이어라.

봉 화 산

다람쥐
가랑잎 덮고 누워
사랑을 나누는 중랑이여
여유로운 삶의 터전이어라.

중랑천 벚꽃 지킴이

화려한 벚꽃 축제
너는 외롭게 울고 있는
사회적 거리두기
지킴이

산불

울긋불긋 아름다운 강산
나의 고향 산불
저 멋진 헬기로 몇천 번
한강을 오락가락
가슴이 미어집니다.

외로운 나의 목련화

코로나 이별하는 그날
백옥 같은 친구들과
첫봄 꽃길 열어
오순도순 웃음꽃 만발

『수필』

박 남 순

한마디

오늘도 온종일 소란한 뉴스 속 사건들을 보면서 위기를 기회로 만들면 얼마나 좋을까 생각한다.
그러다 보면 때문이 아니라 덕분인 것도 많아질 것이다.

약 력

- 《순수문학》(2001) 등단
- 중랑문학상 우수상(2006), 중랑문학상 대상(2013)
- 한국문인협회 중랑지부장(6대), 한국수필가협회 회원, 한국문인협회 복지위원, 중랑문인협회 고문, 목우수필문학회 동인, 글빛나래 동인
- 수필집: 『세월의 숲』(2014)

덕분인 것도 있더라 외 1편

　12월의 어느 날, 오전 내 날씨가 꾸물대더니 오후가 되자 함박눈이 펄펄 내리기 시작했다. 첫눈이 오는 것도 아닌데 그대로 집에서 바라만 보기엔 몸과 마음이 들썩거린다.

　나가자! 이 풍경을 몸으로 느끼자. 등산복과 방한화를 차려입고 집을 나섰다. 벌써 소복이 쌓인 눈이 제법이다. 공원 쪽으로 나가니 아이들이 플라스틱 바가지를 하나씩 들고나와 얕은 경사에서도 썰매타기에 여념이 없다. 눈이 오는 날이면 아이들과 동네 강아지가 좋아한다더니 아이들이 제 부모의 손을 잡고 꽤 많이 나와 있다. 역시 눈 오는 날은 기분 좋은 일인 것 같다. 그런데 나는 무슨 일이야? 내게 묻는다. '아이도 아닌데 눈 오는 풍경을 즐기려 겁도 없이 나온 철없는 어른이* 아닌지 몰라.' 하며 피식 웃었다.

　공원엔 사람이 많아 호젓한 봉화산 산책로로 접어들었다. 자연 그대로의 산책로에서 흰 눈을 마음껏 밟으며 낭만을 즐기며 걷고 싶다. 그래도 조심조심 다리엔 힘이 잔뜩 들어가 있는 걸 보면 나이는 어쩔 수 없나 보다.

　나는 20여 년 전 허리 수술을 하였다. 그 후유증으로 오랜 시간 행동의 제약을 받고 살았다. 무거운 것도 들지 못하고 엎드려 무얼 줍는 일도 하기 어려웠다. 어디 식당이라도 가면 의자 아닌 곳에서는 등받이가 없으면 앉기도 어려웠다. 생활하는데 허리가 불편하니 몸이 점점 움츠러들었다.

그래서 의사의 권유로 수영을 하며 허리 근육을 강화하기 위해 부단히 노력하고 조심하며 지냈다.

그러다 코로나가 왔다. 누구나 겪는 일이지만 스포츠센터 수영장이 닫혔다. 당황스럽고 답답했다. 매일 수영으로 전신 운동을 20년 넘게 해 왔는데 아침이면 갈 곳이 없었다. 그래서 이웃에 친구와 작년 2월 말부터 봉화산 둘레길을 걷는 것으로 운동을 대신하며 지내고 있다. 계절의 변화를 몇 번이나 보내고 아직도 변함없이 시간을 맞추어 걷고 또 걷는다.

2년여를 그렇게 하다 보니 내 건강이 수영할 때보다도 더 좋아지는 걸 느낀다. 처음 둘레길 한번 돌려면 숨이 차고 몸이 무겁더니 이제는 거뜬하다. 다리에도 근육이 붙고 허리 근육도 강화된 것 같다. 그러면서 친구들과 좀더 높은 곳으로 도전해 보자고 약속을 했다.

봄, 가을이면 설악산이 있는 속초를 편하게 갈 수 있는 여건이 생겨 친구이자 사돈인 동창 K와 동창 L과 이웃 둘레길 친구 S와 도전장을 내기로 하고 각자 처소에서 나름 걷기로 단련을 하였다.

기획한 대로 작년 가을에는 설악산의 비룡폭포를 오르는 것으로 만족하던 우리가, 2021 봄에는 토왕성폭포를 오르고 아주 기뻤다. 처음 비룡폭포까지 어렵게 올라 가서 다시 천여 개의 계단을 오르는 여정을 끄떡없이 해 놓고 스스로 서로 대견해했다. 그날 그곳에서 바라본 설악의 풍경은 세계 어디에서도 볼 수 없는 아름다운 풍경이었다. 그리고 또 약속했다. 가을에는 울산바위를 오르자고 기분 좋은 도원결의(桃園結義) 같은 다짐을 하기도 하였다. 그러다 지난 10월 우리는 그 결의를 이루고 말았다. 거뜬하게 울산바위까지 오르는 도전에 성공하였다. 어디 상상이나 한 일인가? 30년 전 아이들과 오르면서도 절절맸던 기억이 새로운데 70세를 바라보는 나이에 도전을 성공한 것이다.

설악의 높은 곳에서 바라보는 그 맛은 젊어서 느낀 것보다는 훨씬 감격스럽다. 발 아래 깊은 계곡과 소나무와 바위의 어울림에 가슴이 벅차 코끝이 찡했다. 올려다보던 노송을 눈 밑으로 내려보며 소나무의 매력에 더욱 반해 버렸다. 울산바위에 전망대에 기대어 발 아래 전경에 빠져 긴 호흡을 해본다. 먼 곳에서 불어와 가쁜 숨을 몰아쉬는 우리에게 시원한 바람이 늦은 열정에 잘했다 토닥여 주었다.

오늘 눈 속을 걸으며 생각한다. 전염병으로 모든 것이 인간에게 피해만을 주는 것 같더니 그나마 내겐 건강을 더 좋아지게 만든 계기도 되었다고 감히 말한다. 대부분 코로나에 속수무책 당하고 있었지만, 어느 곳에서는 이익을 보는 집단도 있는 것처럼 나도 건강의 복을 얻었다.

인생길에 어려움이 다가오더라도 그걸 이용하여 좋은 기회를 만들 수 있다면 얼마나 좋을까? 전화위복(轉禍爲福)이라는 말은 이럴 때 쓰는 것이 아닌가? 다른 사람과의 관계에서도 위기를 기회로 만들 수 있다면 세상을 살아가기가 한결 따스한 봄볕일 것이다.

가족 간에도 어려울 때 더 단결되는 가족으로 산다며 무엇인들 이기지 못할 게 있겠는가? 흘러가는 대로 살다 보면 복이 오더라는 말도 있다. 자연을 어기지 말고 순리대로 살다 보면 어려운 고비도 넘겨지리라 믿는다.

오늘도 온종일 소란한 뉴스 속 사건들을 보면서 위기를 기회로 만들면 얼마나 좋을까 생각한다.

그러다 보면 때문이 아니라 덕분인 것도 많아질 것이다.

★ 어른이 : (어른 + 아이)를 줄인 말

겪어보지 못한 일상

　미국에 사는 손녀들이 6년 만에 다니러 왔다. 팬데믹으로 나라마다 빗장을 잠그고 살다가 조금씩 통제가 풀리면서 어렵게 온 것이다. 평소 쉽게 오고 가던 하늘길도 막혀버려 가족 간에도 한동안 만날 수 없다는 공포감에 우울하게 갇혀 살았다.

　그동안은 1년에 한 번씩 아들 가족을 만나러 우리 내외가 오고 갔는데 전염병의 두려움에 발목이 잡혀 있었다. 지난해는 간만에 아이들이 오겠다는 계획을 세워 놓고 손꼽아 기다리다가 지난해 연초부터 들이닥친 전염병으로 더더욱 엄두도 못 내고 1년 반이 지나갔다.

　몇 해 동안 아들 가족은 여건상 왕래를 자유롭게 하기가 어렵기도 했었다. 오랜 시간 노력의 결과로 학위를 취득하고 직업을 찾으니 모든 것이 쉽게 해결되어 2020년 여름방학에는 꼭 오겠다는 계획을 세웠지만, 예상치 못한 코로나로 발목이 잡힌 것이다. 그동안 며느리와 큰 손녀는 두 차례 다녀갔다. 대만에서 열리는 학회에 가는 중 생후 3개월에 다녀갔고, 세 살 때 다녀갔지만 여섯 살인 작은손녀는 처음 입국이다. 먼저 손녀들과 며느리만 입국하고 3주 뒤에 아들이 오는 것으로 계획을 하고 왔다. 며느리는 예방 접종 완료를 했지만, 아이들이 접종을 못 한지라 격리를 해야 했다.

　숙소로 이태원의 게스트하우스를 잡고 들어가 보니 도저히 2주를 지내기에는 열악하여 하룻밤을 보내고는 보건당국의 허락을 받고 집으로 와서 있겠다고 연락이 왔다. 보건소에서 부모님이 2차까지 예방 접종을 완료했다 하니 가능한 규칙을 잘 지킬 것을 전제로 허락을 해 주었다.

2주 후에나 오나 하다가 갑자기 집에다 격리 공간을 확보하고 서로 조심스럽게 보내기로 하였다. 마음과 몸이 갑자기 바빠졌지만, 자식이고 손녀들이니 반가움이 더 컸다.

아이들이 온 후 초비상이 걸렸다. 먹는 것부터 문제고 많고 많은 시간을 효율적으로 지내야 하는 것도 문제였다. 자기들 나름대로 학습시간과 놀이시간을 정하여 오전에는 시간표대로 잘 따라 했다.

그러나 그 외의 시간이 문제였다. 우리도 최소한의 외출만 하고 손녀들과 시간을 보냈다. 무엇을 할까? 궁리하다 윷놀이를 가르쳐 놀기로 했다. 아이들이 한 번도 해본 적이 없는 윷놀이를 가르쳐 최고의 오락시간을 가졌다. 편을 나누어 하루에도 몇 번씩 리그전을 하며 승부를 냈다.

승부욕이 강한 큰손녀 손미나는 며칠 만에 말판을 어찌나 잘 쓰는지 대견하고 신기했다. 작은손녀 지나는 규칙을 다 이해는 못 해도 던지면 윷과 모가 잘 나와 우리를 즐겁게 했다.

윷놀이가 끝나면 할아버지와 오목을 두고 장기를 배우고, 장기로 알까기를 하고 공기놀이를 하며 승부의 세계에서 한 치의 양보도 없이 대결에 열중했다. 아이들의 흥미를 높이려 일부러 우리도 승부욕을 불태웠다. 그렇게 일주일을 보내다 보니 도쿄에서 하계올림픽 개막식을 하였다.

전통 게임으로만 일주일을 보내고 나니 지루할까 은근히 걱정했는데 얼마나 다행이었는지 모른다.

그동안 코로나로 1년 연기를 한 것인데도 열리냐 마냐 IOC와 일본 올림픽 위원회와 협상이 여러 차례 오고 가더니, 다행히 인류의 축제인 올림픽을 포기할 수 없다며 용감하게 개막하는 것이다.

개막식을 함께 보며 각국의 입장식 때 손녀들이 한국의 입장과 미국의 입장을 열렬히 반기길래 슬슬 장난을 걸어 물어보았다. 두 나라가 경기를 하게 되면 어느 편을 들 것인가를 물으니 꽤 곤란한 얼굴을 하며 2학년인 큰 손녀가 대답을 망설였다.

질문한 내가 가슴이 쿵 떨어진다. "미나야 그냥 둘 다 응원하자" 그렇게 말하며 미안한 생각이 들었다. 그곳에서 태어나고 그곳에서 교육을 받는 아이가 아닌가? 어릴 적부터 모국어가 능통해야 영어도 잘 받아들인다며 집에서 모국어만 쓰다 보니 학교 입학을 하고도 영어가 서툴렀던 아이들이 아니던가. 영어를 쓰지 않는 제 부모에게 우리가 걱정하면 금방 극복할 문제라며 대수롭지 않게 고집하던 아들 내외였다.

제 엄마가 나중에 전하는 말이 매일 아침 학교에서 애국 조회를 하는 것 같다며 그 아이들로서는 아직은 둘 다 그들의 나라일 것이라고 일러주는데, 표현할 수 없는 아련한 아쉬움이 느껴졌다. 아직은 크게 염려할 필요도 없는 일인데도 말이다.

그렇게 일주일을 더 올림픽과 전통 놀이로 우리만의 축제를 보낸 셈이다.

그 후 격리 해제 날이 되었다. 외출복으로 차려입고 동네 한 바퀴를 돌아 공원으로 갔다. 갇혀 살았으니 자연을 보여주고 싶었다. 손녀들과 외출은 꿀맛이었다. 거리 지키기를 하며 놀이터와 마트, 놀이동산과 전철 타기, 계곡에서 물놀이, 영화 보기, 높은 빌딩에서 야경 보며 식사하기 등으로 3주의 시간은 금방 지나갔다.

이런 겪어 본 적 없는 경험을 하며 가족의 소중함, 국가의 소중함, 자연의 고마움을 더욱 느끼는 시간이었다. 인간의 허물로 잠시 무너진 자연과 생태계의 혼란으로 겪는 이 팬데믹이 더 악화하지 않기를 바라고 바란다.

하루빨리 우리의 일상이 예전처럼 복원되길 간절히 바랄 뿐이다. 그래서 사랑하는 후손들에게 건강한 사회와 덜 훼손된 지구를 남겨줘야 하지 않을까 싶다.

이 정 화

한마디

종소리가 청아하게 들리면 더러는 마음이 맑아지리라는 기대
로 종을 걸었다.
과거를 더듬고 미래를 꿈꾸며 종을 흔든다.
맑고 아름다운 종소리가 나를 흔든다.

약 력

- 《순수문학》(2001) 등단
- 중랑문학상 대상(2015)
- 중랑문인협회 이사, 한국수필가협회 회원, 글빛나래 동인
- 수필집: 『대추나무 아래서』(2018), 『소금이 오는 소리』(2021)

토우 새 외 1편

십여 년 전, 새 한 마리가 내 품에 깃들었다.

잿빛 흙으로 빚은 토우 새이다. 이 새는 단순한 모양으로 만들어졌는데 그래도 있을 건 다 있어 새임을 알아보는 데는 전혀 문제가 없다. 다만 다리는 두루뭉술하게 기둥처럼 합쳐진 형태에 바닥 부분은 둥글게 마무리했다. 잘 서 있으라는 배려였으리라.

나는 이 새를 창밖을 바라보게 고층아파트 창틀에 놓아두었다. 그는 앞으로 삐죽 나온 머리에서 비스듬히 내려온 등줄기와 뭉툭한 꼬리를 보이며 우두커니 서 있었다. 그런 새의 뒷모습을 보고 있노라면 한없는 기다림이 느껴졌다. 평생 오지 않을 이를 향한 억겁의 기다림. 가끔 돌려놓고 마주 보면 거의 감은 듯한 눈으로 나를 바라보는 새의 무심에 괜한 슬픔이 차올랐다.

토우 새는 주로 부장품으로 만들어져 쓰였다고 한다. 신라 시대 무덤에서부터 출토되었는데 주로 망자의 머리맡에 두었다는 고증이 있다. 그 시대 사람들은 새를 이승과 저승을 이어주는 전령사로 믿었다고 한다. 그 새를 바라보며 슬픔을 느끼는 것은 새와 새의 주인이 지녔던 슬픔에 빙의되어서일지 모르겠다는 생각이 들었다.

얼마 전 남자 동창이 다른 세상으로 갔다. 나를 '옛날의 금잔디'로 부르던 친구였다. 면 소재지의 작은 학교는 한 학년이 두 반이었고 한 반은 남자반 다른 한 반은 남녀 혼합반이었다. 좁은 바닥에서 한 집 건너 친구이고 친척이어서 서로서로 얽혀 동년배는 남녀가 내외도 없이 '너!' '나!' '야!' '자!'로 지냈다. 그러나 나는 예외였다. 초등학교 고학년 때 그곳으로 이사한 나는 누구하고도 스스럼없이 어울릴 수 없었다. 특히 다른 반 남학생들은 누가 누군지도 모른 채, 고개를 외로 꼬고 지냈다.

오랜 세월이 흘러 결혼도 하고 아이도 낳고, 꽃중년이 되었을 때 서울에 사는 친구들이 하나, 둘씩 연락이 닿고 만나게 되었다. 남자친구들도 세월을 건너뛰어 예나 다름없었다. 그렇게 만난 동창들 사이에 그가 있었고, 그는 스스럼없이 나를 '옛날의 금잔디'라고 불렀다. 남자 동창들은 미리 알았을까, 나는 그날부터 그의 옛날의 금잔디가 되었다.

동창들은 해마다 연말이면 송년회를 열고, 봄과 가을엔 등산을 다니며 수십 년을 보냈다. 그렇게 만날 때마다 내 배낭을 메어주고 기념품이나 간식을 슬쩍 건네주었다. 우리 사회의 사적 모임이 코로나로 중단되고 우리 모임은 끝났다.

코로나 이후, 몇 해 만에 있는 친구의 혼사로 동창들이 모였고 식장에 참석하지는 못했지만, 동창들은 따로 자리를 잡아 식사했다. 힐끗 보니 그 친구는 내 뒤쪽의 네댓 사람 건너 자리에 있었다. 평소 같으면 큰 소리로 이름을 부르고 수인사를 했을 터인데 그날따라 그는 말이 없었다. 다시 바라보며 입을 떼다 말고 고개를 돌렸다. 가까운 친구들이 남아서 뒤풀이를 하는 시간에 그는 없었다. 인사도 하지 못하고 헤어진 것이 좀 허전하고 섭섭했다. 집에 돌아와서도 가끔 그 일이 가시처럼 걸렸다.

반년쯤 지났을까, 그의 부고를 받았다. '아차!' 싶었다. 요즘 지난날을 돌이켜 보며 가까운 이의 마지막 만남에 유난히 인색했다는 생각을 하던 중이었는데, 그에게조차 수인사 한마디 건네지 못하고 보내다니. 좁은 소견과 인색함이 후회스럽고 안타까웠다. 문상이라도 가고 싶었지만, 장례

식장은 꽤 거리가 있었고 집을 오래 비울 처지도 못 되니 아쉬운 맘으로 끌탕만 하다 말았다.

오래전 남편과 일찍 사별한 친구에게 남편을 향한 감정을 물었더니 그 친구는 단침을 삼키며 말했었다. "무언가 할 말이 있는데 못다 한 기분"이라고. 나는 오래도록 거의 목마름이 안타까웠다.

나도 그에게 그날 하지 못한 밋밋한 인사를 건네고 싶다. 그리고 듣고 싶다. 그날의 침묵이 세월이 주는 무미건조함이었는지, 이미 와병 중이어서 자신을 보여주고 싶지 않아서였는지를.

어느 날, 언제나 거기 그렇게 있던 토우 새와 눈이 마주친 나는 문득 잠든 그의 머리맡에 토우 새를 보내고 싶다는 생각이 들었다.

아! 그런데 어제 생각났다. 그는 화장을 했다는.

"헛되고 헛되니 헛되고 헛되도다."라고 한 것이 세상의 온갖 부귀영화를 누렸다는 솔로몬이었던가?

종

　새해 아침, 도어클로저에 종을 걸었다. 청동으로 된 작은 종이다. 그것은 검푸른 녹이 슬고 먼지조차 더께로 끼어 있어 남루하기 짝이 없는 종이다.

　얼마나 오랜 세월을 견뎌왔을까? 지나온 세월을 지우게 될까 봐 함부로 닦지도 못하고 보관해 온 지도 이십 년은 족히 지났다.

　책장에 꽂힌 책 사이에 걸어 두었던 종을 현관에 달기로 한 것은 현관에서 종소리가 나면 길하다는 이야기를 지인에게 들었기 때문이다. 믿거나 말거나의 속설이겠지만……. 오래전에 무시로 딸랑이던 소리를 기억하며, 생각지 않은 종소리가 청아하게 들리면 더러는 마음이 맑아지리라는 기대로 종을 걸었다,

　그러나 종은 도어클로저에서 꼼짝 않으니 종소리는 전혀 들리지 않는다. 단순한 장치를 추가해 종이 흔들리게 할 수도 있으련만 원형이 망가지는 것에 과도하게 민감한 나는 오래 고민하지 않고 문을 여닫으며 덤으로 들으려던 종소리를 포기했다.

　다시 방으로 돌아온 종은 책상 컴퓨터 앞에 자리를 잡았다. 나는 생각날 때마다 종의 고리를 잡고 흔들어 본다. 어느 날 산사에서 만났던 풍경소리 같기도 하고 괜히 바쁜 세모의 거리에서 잠시 걸음을 멈추게 하던 구세군의 종소리 같기도 한 소리가 적막을 밀어낸다. 어떤 날은 일없이 아이처럼 종을 흔들고 또 흔들어 본다.

저 종은 시댁 곳간 문에 걸려 있던 것이다. 예기치 않은 소리와 함께 저 종을 처음 만났을 때, 나는 그게 좀 같잖았다. 필경 혹 있을 침입자의 존재를 알고자 거기에 종을 달았으려니 싶었는데, 그러기에는 그 종소리가 너무 작았다.

곳간은 뒷마당 구석에다 본체에 이어 붙여 벽돌로 지었고 모서리가 닳은 미닫이 나무 문이 달려 있었다. 그 문에 걸려 있던 종은 문을 여닫을 때마다 '딸랑! 딸랑!' 소리를 냈다. 그러니 소음이 있는 낮에는 그 소리는 거의 들리지 않았다. 어쩌다 종소리가 희미하게 들리는 밤이면 어머니 손에는 강정이나 침감, 감주 같은 밤참거리가 들려 있었다. 군입질거리가 아니라도 어쩌다 들리는 그 소리는 청아하고 애잔했다.

이 종이 내게 온 것은 시할아버지께서 지으셨다는 집이 도시계획에 들어가서 이사를 하게 되었을 때다. 묵은 살림에 별 골동품이 다 있었으련만 내게는 아무것도 차례로 오지 않았다.

낡은 부속 건물 문짝에 매달려 있던 녹슨 작은 종이 누구의 눈에 띄기나 했을까. 나는 가끔 들었던 소리를 기억하며 종을 떼서 얼른 앞치마 주머니에 넣었다. 물려받은 게 없었던 맏며느리는 처음에는 큰 횡재를 한 듯, 그 작은 종을 자주 들여다보고 흔들어 보곤 했다.

종은 가장 넓은 종신의 밑부분이 5.5센티이고 종고는 6센티쯤 된다. 원추 모양으로 밋밋하게 내려오다가 1센티 정도를 남긴 밑부분에서 한 줄의 선을 돌려 긋고 나팔처럼 벌어지게 모양을 잡아 마무리하였다. 소리가 나게 해 주는 추는 대추 씨 서너 개를 뭉쳐 놓은 모양으로 생겼는데 종신보다 더 붉게 녹이 슬어 있다. 추의 윗부분과 종의 윗부분에 구멍을 내어 구리줄로 고리를 만들어 느슨하게 엮어 줄이 오르내리며 길이를 조절하고 고정할 수 있게 되어 있다.

자주 보니 관심이 가고 내력이 궁금해졌다. 열흘 묵던 손님이 하루 가기가 바쁘다 했던가. 서둘러, 조석 준비로 곳간을 자주 드나들며 눈과 귀에 익었을 시누이들에게 물었으나 그런 종은 기억에도 없다는 것이다. 역사를 잃은 듯 어머님이 계실 때 알아 두지 못한 나의 무심함에 조바심을 내며 남편에게 물었더니, "아! 그거 소방울이야!" 소방울, '워낭'이라는 것이다. "얼마나 됐는데?" "무척 오래됐어!" "얼마나?" "하여튼 오래!" 그 바보 같은 대답에 숨이라도 넘어갈 듯 바삐 "할아버지 때부터?" 하니 "그렇지!" 한다. 적어도 칠십 년에서 백여 년 전부터 이어진 물건일 수 있다는 것이다.

사연은 사연을 불러온다. 몇 마리의 소가 이어 달던 워낭일까. 워낭이 왜 곳간지기가 되었을까. 집에서 키우던 소의 대를 잇지 못하게 되었을 때의 아쉬움을 그곳에 걸었을까, 그래도 그곳에 워낭을 달 생각을 하신 서정적이고 곰살맞은 곱어른은 어느 분이실까. 뵙지 못하고 알지 못하는 어르신을 향한 애정이 가슴에 샘물처럼 차오른다.

그러나 그것이 종이 아니고 워낭이라 불리는 방울이라는 게 좀 아쉽다. 그래도 그것은 가족의 숨결과 오밀조밀한 사연이 담겨 있으니 소중한 우리 집안의 유물이 아닌가.

나는 이 종을 누구에게 물려줄까? 누가 탐을 낼까? 며느리나 손녀, 아니면 딸이나 손자? 이제 열한 살이 된 손자는 진작부터 오래 묵혀둔 동전과 옛날 동전 몇 개를 챙겨 가기도 했으니 그 아이의 관심이 가장 클 수도 있겠다.

누구든 좋다. 인연을 사랑하고 아끼는 누군가가 때때로 종소리를 아름답게 듣고 눈길을 맞추며 간직할 수 있으면 좋겠다.

과거를 더듬고 미래를 꿈꾸며 종을 흔든다. 맑고 아름다운 종소리가 나를 흔든다.

『수필』

김 준 태

한마디

이제 쉬엄쉬엄 쉬어가며 여유 있게 살라고
증도에 슬로시란 이름을 붙여 준 게 아닐까 싶다.

약 력

- 《문예사조》(2002) 등단
- 중랑문학상 우수상(2010), 중랑문학상 대상(2017)
- 한국문인협회 회원, 한국수필문학협회 운영위원회 이사, 미리내
  동인

퍼플피플(PURPLE PEOPLE) 천사의 섬 외 1편

2021년 12월 2일 스페인 마드리드에 있는 UN 세계관광기구총회에서 세계적인 관광지로 선정된 전남 신안군 안좌면 박지도와 반월도와 아시아관광협회에서 명명했다는 증도 슬로시에 다녀왔다. 이름이 PEOPLE ISLAND로 퍼플피플 천사의 섬이다.

신안군은 천 십여 개의 섬으로 구성되었다 하여 천사의 섬이라 부른다. 이 많은 섬들 중에 박지도와 반월도는 안좌도에 딸린 섬 중의 섬이다. 안좌도에 가려면 예전에는 배로 건너야 했는데 연육교가 놓여 다니기 편하게 되었다.

안좌도는 이번 방문이 세 번째로 첫 번째는 목포대학 섬연구학회에서 목포 MBC와 공동 주최한 섬 탐방 팀을 따라 다녀왔고, 두 번째는 반월도에 인동 장씨 집성촌이 있어 장씨 문중 시제 날에 다녀왔다. 1차 방문 때 반월도 장씨 문중에서 준비한 저녁 식사를 맛있게 먹은 일이 있다. 뭍에서는 좀처럼 맛보기 어려운 음식들이라 정말 맛있게 먹었다. 같이 간 친구가 장씨라 마을 이장님과 통성명을 했는데 일가라며 그간 꾸준히 연락했던 모양이다. 이듬해 종중 시제에 참여해달라는 부탁까지 받았다며 서울에 사는 종중들이 관광버스를 대절해 내려가는데 같이 가자고 해 편승했다.

2019년 4월 4일에 우리나라에서 네 번째로 길다는 천사대교가 개통했다는 보도를 봤다. 다리가 놓였다니 가보고 싶지만, 나이가 들어 운전도 못 하지 쉽게 갈 수가 없어 기회를 엿보고 있었다. 손자가 군에 입대하여 담양에 있는 탱크부대에서 복무 중인데, 입대 후 코로나 확산으로 면회한 번 못 가다가 마침 거리두기가 완화되자 아들과 며느리가 면회하러 간다며 같이 가자 하여 둘째 손자랑 넷이서 주말에 면회하러 갔다.

손자가 복무하는 부대가 행정구역상 담양인데 장성에 인접한 지역이라 그를 데리고 장성읍으로 나와 점심을 먹고, 주말이라 하룻밤을 자고 올 수 있어 안좌도로 가자 했다. 영광과 함평을 지나 김대중 대교를 건너 신안 압해도로 갔다. 천사대교가 놓이기 전에는 송공항에서 여객선으로 암태도로 건넜는데 7.2km의 천사대교가 놓임으로 암태도까지 불과 10여 분 만에 건넜다. 듬성듬성 둥지를 튼 섬들을 바라보며 달릴 수 있어 좋다. 관광객인 나도 이렇게 좋은데 섬에서 사는 분들이야 얼마나 편리하고 좋을까 싶다. 시간 단축으로 얻어지는 경제적 효과도 크겠지만 비바람에 구애받지 않고 다닐 수 있어 도서민의 생활의 편리도 클 것이다.

안좌도에는 수화 김환기 화백의 고택이 있어 관광객이 많이 찾는다. 조경이며 환경이 많이 좋아졌는데 너무 조용하다. 윗집까지 확장해 활용하려 했던 것 같은데 방문객이 없는지 관리가 소홀해 먼지가 자욱하다. 이 날도 우리뿐이고 거리 벽화도 안 보인다. 옛날에는 수화의 모사품이라도 방에 몇 점씩 걸려 있었는데 그마저 안 보인다. 마루에 앉아 앞산을 바라보니 문필봉은 옛 그대로다. 그런데 내가 과분한 탓인지 그 정기를 이어받은 후학이 배출되었다는 소식을 못 들었다.

박지도와 반월도를 잇는 소망의 다리로 갔다. 다리는 옛 그대로인데 이름이 Purple Bridge라 바뀌고 새 단장을 했다. 다리를 비롯한 모든 조형물이 자줏빛 일색이다. 반월도로 건너던 포구에도 철교가 놓여 배 없이 건너다닐 수 있다. 다리 입구에 자줏빛으로 Purple People 천사섬이라 쓰였다. 넓은 갯벌에 놓인 소망다리도 자줏빛으로 도색하여 갯벌에 놓인 다리가 더 아름답다. 썰물이 들어와 바다로 변하니 환상적인 다리로 변해 탄성이 절로 난다. 관광객을 유혹할 만하다. 입장료 5000원이 아깝지 않다. 수화의 고택은 쓸쓸했는데 이곳 주차장에는 차가 가득하다. 우린 반월도로 건너가 박지도를 경유해 두리까지 1462m의 천사의 다리를 걷다 보니 자연과 하나가 된 기분이다. 물아일체란 이를 두고 하는 말인가 보다. 박지도와 반월두를 퍼플피플이라 하는 이유는 박지도와 반월도에는 보랏빛 꽃과 도라지가 사계절 풍성하다고 하며 그 빛깔이 이 섬을 상징하는 색이 된 것이란다.

안좌도에는 이 외에도 볼거리가 더 있다. 삼한 시대의 지석묘 군락이며 백제 시대 석실 고분과 선돌 등 가볼 만한 곳이 있지만, 날이 저물어 예약한 증도 잠자리로 돌아가야 했다.

증도에 예약해 둔 펜션으로 갔다. 숙소에는 조금 늦은 시간에 도착했다. 가는 길에 저녁을 먹느라 숙소에는 어두워서야 도착했다. 옛날에 여행을 다닐 때는 몇 번 도로인가 도로표지판을 보며 다녀야 했기 때문에 날이 어두워지면 아는 길이 아니고는 찾아가기가 어려웠다. 그런데 지금은 목적지 주소지만 입력하면 내비게이션이 졸졸졸 길을 안내하니 얼마나 편리한가. 우리가 머문 숙소는 EVERIS 펜션이다. 밤이라 주변 풍경은 볼 수 없고 관리사무실 안내로 예약된 방에 들어갔다.

아침에 일어나 커튼을 젖히고 보니 끝없는 갯벌이다. 밖에 나와 산책길을 따라 바닷가를 걸었다. 저마다 개성 있게 진 펜션이 여기저기 있다. 모두 하룻밤씩 묵어가고 싶은 펜션이다. 밀물이 멀리서 밀려오는데 동해안처럼 요란하지 않고 조용히 갯벌을 채운다.

짐을 챙겨 숙소를 나와 증도중앙길을 따라 갯마을식당으로 갔다. 아이들이 처음 먹어본다는 짱뚱어탕에 꽃게무침, 병어조림 등 이곳 별미라는 음식을 골고루 시켜 실컷 먹고 증도 관광길에 나섰다.

증도에는 초행이라 어디에 무어가 있는지 알 수 없지만 섬 안내도를 보니 상세히 관광지가 나와 있어 몇 군데를 골라 찾아갔다. 처음 간 곳이 길이 470m의 나무 데크로 만든 산책로 짱뚱어다리다. 길이는 짧지만 퍼플다리 같이 갯벌에 세워진 다리다. 걷다가 갯벌로 내려가 갯벌 체험장도 있어 이곳만의 특성을 살린 관광지다. 다리를 건너니 우전(羽田)해수욕장이다. 모래알이 가늘고 고운 백사장이다. 해풍을 막기 위함인지 대나무를 엮어 울타리를 쳤다. 무한한 갯벌 끝자락에 백사장이 있어 흑백의 조화가 신비롭다. 놀라운 것은 캠핑차 주차장이다. 여러 대의 캠핑차가 주차된 것을 보니 이국적이다. 십수 년 전에 북유럽 스칸디나비아 반도 제국 여행을 다녀온 일이 있다. 그때 내가 캠핑차들의 이동 모습을 보며 부러워했는데 그 광경이 우리나라에 현실화되어 있다. 관광철이 아닌데도 저렇게 캠핑차가 모여 있는 걸 보면 관광철에는 얼마나 많은 차가 모여들지 상상된다. 모래도 곱지만 시설도 훌륭하다. 아시아관광협회에서 최초로 슬로시티로 선정한 관광지란 간판이 걸렸다. 시간에 쫓기어 대충대충 보고 길을 서두를 수밖에 없는 것은 손자의 귀대 시간과 주말이라 상경 문제다.

섬과 섬을 잇는 방조제를 쌓아 만든 태평염전으로 갔다. 규모가 260ha로 우리나라 염전 중에 단일 면적으로는 두 번째로 큰 염전이란다. 이도 다 돌아보지 못하고 소금박물관으로 갔다. 2007년 11월 22일 근대문화유산 361호로 지정된 박물관이다. 소금 창고 하면 목조건물이 태반이다. 그런데 이 건물은 석조 건물로 소금 창고로 쓰던 건물을 박물관으로 개조했다고 한다. 소금의 역사와 문화 등 소금에 관한 정보를 제공하고 그 자료를 전시하고 있다. 수차로 바닷물을 퍼올리는 것을 보니 옛날 들녘에서 자란 나는 며칠을 두고 수차로(우리 고향에서는 물자새라 했음) 논에 물을 퍼올리던 아버지 생각이 난다.

증도의 유래도 재미있다. 증도는 물이 귀한 섬이란 뜻이란다. 물이 밑 빠진 시루처럼 스르르 새어 나가버린다는 의미의 시루섬으로 시루 증(甑) 자를 써서 증도라 했다고 한다. 증도의 이곳저곳을 샅샅이 돌아보고 왔어야 했는데 신안해저유물박물관을 보지 못한 것이 아쉽다.

내가 신안군의 천사섬을 세 번씩이나 간 것은 그만큼 볼거리며 먹거리가 좋았다는 뜻이다. 그간 많은 변화로 눈에 띄게 달라졌다. 천사교가 놓이고 섬의 개성을 살려 세계적인 관광지로 선정된 박지도 반월도의 변화를 보면서 우리가 아름답다고 느꼈던 곳이 역시 세계적인 관광지로 선정된 것을 보았다. 증도도 아시아관광협회에서 선정한 국제 슬로시로 지정된 것을 보면서 한국인의 대명사처럼 불리던 '빨리빨리' 성격이 여기 와 보니 정말 빨리도 성장했다는 생각이 든다. 이제 쉬엄쉬엄 쉬어가며 여유 있게 살라고 증도에 슬로시란 이름을 붙여 준 게 아닐까 싶다.

나는 아름다운 섬들을 돌아보면서 우리 조상들이 일찍이 이 강토를 금수강산이라 했는데 그 진면목이 이제야 나타나는 것 같아 이 땅에 태어난 것이 자랑스럽다.

호강

TV조선에서 〈국가가 부른다〉는 프로그램에서 국민가수로 선정된 박창근을 위시한 톱7의 가수와 기성 가수 간의 노래 대결을 하는 것을 꾸준히 시청해 왔다. 이긴 자가 선물을 추첨하고 100점이 나오면 별도로 그에게 한우 세트를 준다. 그 방송을 보면서 우리 집사람이 100점 자리 아내였는데 생전에는 그걸 모르고 살았다.

명절 때 한우 세트 택배가 왔다. 아내 때문에 받은 선물이다. 열어보니 안심·등심·살치살·안창살·토시살 등 다섯 팩으로 된 한우 세트다. 고급 부위로만 포장된 소고기라 평상시 집에서 사 먹기 힘든 고기다. 명절이나 생일 때 갈비찜이나 산적거리 불고기 국거리 정도였지, 소 한 마리에서 불과 몇 점 안 나온다는 비싼 부위 소고기를 사다 먹기는 쉽지 않다. 입에 넣으니 살살 녹아 입이 호강이다.

꽃이나 난을 선물로 받아 보긴 했지만, 생일에 퍼플 꽃바구니를 받아 본 것도 처음이다. 우아한 자줏빛 꽃바구니가 아내를 보는 듯하다. 꽃으로 싸인 바구니 안에 샴페인도 한 병 들었다. 술잔을 들어 마주치며 브라보할 짝이 없어 따지도 않고 그대로 두었다. 매일 눈맞춤을 하며 같이 마실 날이 오길 기다린다.

발 없는 말 천 리 간다는 속담이 있다. 대학 교우 중 가까이 지내는 분한테 전화가 왔다. "대학에 발전기금을 냈다며. 축하해요"라는 전화다. 대학교 측과 언론에 알리지 않기로 약속을 했다. 그런데 어떻게 알았는지 발전기금 이야기를 한다. 대학 행정실에 근무하는 그 교우 제자가 있는데 그를 통해 들었다 한다. 확인 차 전화를 했다며 그 사실을 우리 동기회 회장에게 알려 여기저기 동기들한테 전화가 왔다. 2월 교우회보에 사진과 함께 기사가 나자 중랑 교우들한테도 전화와 메일이 끊임없이 와 인사받기에 바빴다. 그래서 기왕지사 터진 일 문우들에게도 알려서 나쁠 게 없을 듯싶어 회장님께 알렸더니 칭찬의 댓글이 계속 이어져 눈과 귀가 호강이다.

1월 중순에 총장실에서 연락이 왔다. 차를 보낼 테니 학교로 와 달라는 것이다. 차를 보낼 필요 없다며 딸 차로 가겠노라고 했다. 약속 시간에 갔는데 학교 정문에 선도차가 나와 대기하고 있다가 본관으로 안내를 한다. 현관 앞에 직원들이 나와 맞아 주고 송혁기 대외협력처장의 안내로 붉은 카펫 길을 따라 총장 접견실에서 총장님을 만났다. 정진택 총장과는 세 번째 만남이다. 발전기금 약정하러 가서 만났고, 아내 문상을 오셔서 만났으니 낯이 익다. 직원 중에 수석컨설턴트 김은경 박사가 귓속말로 귀빈을 영접할 때나 붉은 카펫을 깐다고 한다. 그와는 몇 차례 만났는데 군산이 고향이라며 각별히 친절했다. 다담(茶談) 후 서면으로 대학발전기금 증서를 전달하는 의식과 학교 측에서는 기부증서와 감사패와 선물을 마련하셨다. 이렇게 주고받는 의식 절차를 마치고 돌아오는데도 총장이 현관까지 배웅을 나오셔서 현관 앞에서 기념 촬영을 하고 헤어졌다.

한편 송혁기 대외협력처장 안내로 1억 이상 후원하신 분을 회원으로 예우하는 크림슨 아너스 클럽(CRIMSON HONORS CLUB)으로 가 그간 기부자들의 이름과 함께 도넛 월에 전정애 김준태 이름도 등재되었음을 보여 준다. 얼마 후에 소포가 와 보니 전정애(김준태) AI 혁신기금 기부식 과정을 촬영한 앨범이다. 두고두고 자손들에게 교훈이 될 유물이 될 것 같아 소중히 간직했다가 전해 줘야겠다.

감사패와 선물 내용은 이러하다.

감사패

김준태 교우

고려대학교의 '기부의 역사'에 동참해 주신 교우님께 깊은 감사의 말씀을 전합니다. 故전정애 사모님께서는 56년 간 어린이들을 위한 교육에 헌신하시며, 한평생 모으신 소중한 자산

을 사회에 환원하겠다는 뜻을 가지고 계셨습니다. 그 고귀한 유지를 받들어 김준태 교우님과 자녀들께서 마음을 모아 쾌척해주신 발전기금은 고려대학교가 AI 분야의 선도적 연구와 교육을 통해 우리 사회와 인류의 발전에 공헌할 수 있도록 소중히 사용하겠습니다. 고대 구성원 모두의 존경과 감사의 마음을 담아 이 패를 드립니다.

2022년 1월 12일
고려대학교 총장 정 진 택

梅花屏題圖 (매화병제도)

翩翩飛鳥 息我庭梅(편편비조 식아정매)

有烈其芳 惠然其來(유렬기방 혜연기래)

爰止爰棲 樂爾家室(원지원서 낙이가실)

華之旣榮 有蕡其實(화지기영 유분기실)

— 茶山 정약용 (1762~1836) 견본담채(絹本淡彩)

훨훨 나는 새가 우리 집 뜰 매화나무에 와서 쉬네

그 나무에 짙은 향기 있어 그리도 잘 온다네.

거기 머물다가 살기도 하니 너의 집안 화락이로다.

꽃이 활짝 피고 나면 열매가 가득 맺는단다.

* 대외협력처장이시며 한문학과 교수 송혁기 박사 국역

아내가 생전에 아끼고 절약해 은행에 보험에 증권에 저축해 둔 돈이라 허투루 쓸 수 없어 보람 있게 쓰자고 그의 생전에 의론한 금액이다. 아들 딸들의 동의를 받아 대학 발전기금으로 기부한 것이라 나는 아내 심부름을 한 것뿐인데 그 공치사를 다 내가 받고 호강을 한다.

저승에 가서까지 날 이렇게 호강을 시켜주시다니, 여보! 감사하오.

『수필』

한마디

물처럼 산다는 것은 빨리 가거나 늦게 간다고 조급해하지 않고
유유자적(悠悠自適)하며 박경리 씨나 박완서 님처럼 살아가는
것이 아닐까.

약 력

- 《수필춘추》(2006) 등단
- 한국생활문학회 작품상 및 대상, 중랑문학상 우수상(2014)
- 한국생활문학회 주간, 중랑문인협회 이사
- 한국생활문학회 회장 역임
- 서울대학교 사범대학 졸업, 자양고 교장 정년퇴임
- 수필집:『정년에 되돌아본 나의 생애』(2001),『옥상에 가꾼 고
  향』(2018)

상선약수(上善若水)의 삶을 꿈꾸며 외 1편

노자(老子)의 『도덕경(道德經)』에 '상선약수(上善若水)'라는 말이 있다. 그는 중국 춘추시대 초나라의 철학자로서 '가장 위대한 선(善)은 물과 같다'라고 하였다. 즉 아름다운 인생은 물처럼 사는 것이라는 뜻이다. 물처럼 사는 것이 인생이라면 '상선약수'처럼 진지하게 표현한 말도 없을 것 같다.

물은 만물을 이롭게 하면서도 다투지 않으며 공평하고, 상황에 따라 변하면서도 본질을 잃지 않는다. 노자의 『도덕경』은 왕에게 통치의 요결(要訣)을 제시하는 제왕학(帝王學)이라 할 수 있으나 현대를 살아가는 우리에게 삶의 지혜를 깨우쳐준다. 흐르는 물은 서로 다투지 않는다. 흐르다 막히면 돌아가고 모자라면 채워주고 넘어간다. 빨리 간다고 뽐내지 않고 늦게 간다고 안타까워하지 않는다.

백세 시대라고 하지만 팔십을 넘으니 건강이 전과 같지 않다. 작년까지도 친구들과 등산도 하고 가까운 용마산에도 자주 올랐다. 그런데 이제 산에도 가기 어렵고 기력(氣力)이 많이 떨어졌다.

일주일에 5일 정도 중랑천 둔치 길이나 배봉산 둘레길을 걷고 있는데, 보폭도 줄고 걷는 속도도 느리며 힘이 든다. 이제 욕망을 내려놓고 흐르는 물처럼 순리에 따라 살고 싶다. 사람의 생명은 아무도 장담할 수 없지만 90세까지는 건강하게 살고 싶다.

소설가 박경리 씨는 "다시 젊어지고 싶지 않다. 모진 세월은 가고 버리고 갈 것만 남아서 홀가분하다."라고 말하고, 박완서 씨는 "나이가 드니 마음 놓고 고무줄 바지를 입을 수 있어 좋고 하고 싶지 않은 것은 안 할 수 있어 더 좋다.…… 다시 태어나고 싶지 않다. 한 번 본 거 두 번 다시 보고 싶지 않다.”라고 하였다. 이분들은 물처럼 살아갔다.

두 분은 한국 문단을 대표하는 여류 소설가였다. 그러면서도 조용한 시골집에서 삶을 마감했다. 노년의 아름다움을 몸으로 보여주며 박경리 씨는 원주의 산골에서, 박완서 씨는 구리의 시골 아치울 동네에서 생을 마쳤다.

이제 모든 것을 내려놓고 비우며 살고 싶다. 아침 이슬도 아름답지만, 저녁노을이 더 아름답듯이 이웃과 사회에 베풀며 사는 것이 보람 있는 삶인 것 같다. 무엇에 집착하거나 매이지 않고 매사를 긍정적(肯定的)으로 생각하며 살고 싶다. 금년에 103세의 김형석 교수는 사람이 언제까지 사는 것이 좋으냐는 질문에 ‘가족을 포함해서 남에게 피해를 주지 않을 때까지’라고 말했다. 건강하게 노년을 보내라는 말이다.

나는 금년에 여든네 살이 되었다. 별로 해 놓은 것도 없는데 이렇게 나이를 먹다 보니 지나간 세월보다 앞으로의 남은 세월이 더욱 귀중하게 생각된다. 지금 내가 할 수 있는 일은 건강하게 살면서 인생의 마무리를 잘하는 일이다.

물처럼 산다는 것은 빨리 가거나 늦게 간다고 조급해하지 않고 유유자적(悠悠自適)하며 박경리 씨나 박완서 님처럼 살아가는 것이 아닐까.

참새 모이를 주다

　나는 어려서부터 새를 좋아해서 잉꼬, 키나리아, 문조 등을 사다 키웠다. 가장 키우기 쉬운 것은 십자매여서 옥탑방에 새장을 들여놓고 키우다가 봄이 되어 밖에 있는 앵두나무에 새장을 매달아 놓고 키웠는데 환경에 적응하지 못하고 죽고 말았다.

　남은 모이를 버리려다가 아까워 참새에게 주기로 했다. 플라스틱 그릇을 앵두나무에 매달고 십자매가 먹던 모이를 주었다. 처음에는 새들이 그릇 주변을 맴돌며 경계하는 눈치였다. 모이통에 다가가지 않고 십여 일모이 그릇 주변을 맴돌기만 하고 먹지 않아 나는 애를 태웠다.

　며칠 후, 친구에게 그런 이야기를 했더니 처음에는 모이를 조금만 주고 모이 주변에 북데기(짚이나 풀 따위가 함부로 뒤섞여서 엉클어진 뭉텅이)를 넣어보라고 한다. 그의 말대로 해 놓고 지켜봤다. 그런데 신기하게도 조심스럽게 다가와 쪼아 먹었다.

　그 후로는 서슴없이 다가와 잘 먹는다. 아침에 내가 옥상에 올라오면 모이 줄 것을 알고 참새들이 모여든다. 생각이 없고 모자라는 사람을 '새 대가리'라고 비하하는데 내가 보기엔 참새는 꾀가 많고 영리하다. 이제는 모이통에 머리를 박고 서로 먹으려고 야단이다.

　매일 아침에 옥상에 올라와 모이를 주고 방에 들어와 이메일을 보내거나 책을 읽으며 창밖을 보면 참새들이 모여들어 지저귀며 모이를 먹는다. 새들에게 방해가 되는 창문만 열지 않으면 불과 2~3m 거리에서 새들의 모습을 살필 수 있다. 이 가지 저 가지를 넘나들고 부리로 깃털을 고르며 모이를 먼저 먹으려고 다툰다. 모이통 속에 들어가 모이를 먹는 귀여운 모습을 보면 동심으로 돌아가 즐거운 하루를 시작한다. 이 일을 시작한 지 십여 년이 된다.

〈모이통에서 모이를 먹는 참새들〉

문득 어린 시절이 생각난다. 초등학교 2학년 때쯤으로 생각된다. 소 꼴을 베러 갔다가 산기슭 작은 떡갈나무 사이에서 멧새 둥지를 발견했다. 둥지 속에는 알록달록한 알이 네댓 개 들어 있다. 나는 신기해서 부화하여 털이 나고 커가는 귀여운 모습을 보려고 매일 5, 6백 미터나 되는 산에 찾아가 멀리서 관찰했다. 어미 새가 물어다 주는 먹이를 받아먹고, 조금씩 자라서 둥지 밖으로 나와 종종걸음으로 다니던 귀여운 모습이 지금도 눈에 선하다. 어린 새를 집에 가져다 기르고 싶어 부모님께 말씀드렸더니 가져오면 죽는다며 말리셔서 안타까웠다.

나는 퇴직 후 옥탑 작은 서재에서 친구들과 이메일을 주고받는다. 창밖에서 먹이를 먹으며 지저귀는 참새들의 귀여운 모습을 보며 즐거운 마음으로 하루를 시작한다.

『수필』

이 순 헌

한마디

진분홍빛 영산홍이 유난히 눈부시게 화려했다.
그 꽃 빛이 너무 강렬해 나는 잠시 아찔했다.
잔인한 4월 어느 날이었다.

약 력

• 《문학저널》(2006) 등단
• 동아일보 『투병문학』 가작 입선(2002), 중랑문학상 우수상
  (2019)

다 어디로 갔을까 외 1편

　홍대입구 억에서 하차, 출구를 빠져나오자 높은 건물 사이로 찌푸린 하늘이 비가 올 듯 희무룩히 보였다. 셔틀버스도 예식장 안내자도 없었다. 그 낯선 거리서 덩치가 큰 나이 든 여자와 머리가 하얀 남자가 눈에 띄었다. 그네들도 예식장을 찾는지 두리번거리다 나와 마주쳤다. 순간, 여자가 멈칫하더니 쭈뼛거리며 다가와 어설피 물었다.

　"혹시 성이 무어예요" 나도 얼핏 스치는 바가 있어 대답 대신,

　"이름이 어떻게 돼요" 하고 되물었다.

　"계숙이……."

　"어머, 계숙이?"

　나는 놀라서 계숙이 손을 잡으며 눈으로 머리가 하얀 남자를 가리켰다.

　"광섭이……." 나는 말을 잊었다.

　계숙이는 사촌 큰 언니의 둘째 딸이었다. 막내 광섭인 무척 귀여운 아이였다. 그동안 세월은 그들을 완전 다른 사람으로 변하게 했다.

　어린 시절, 방학에 가끔 여주에 사는 사촌 큰언니네 집엘 놀러 가곤 했었다. 언니는 대신면 버스정류장 바로 앞에 큰 건물을 갖고 있었다. 그리고 아래층에서 한식당을 하고 있었고 뒤편이 가정집이었다. 그 옆 한의원에서는 사촌 형부가 나이 든 촌부들에게 늘 침을 놔주고 있었다.

　언니는 자식을 여섯이나 두었는데 둘째인 계숙인 유난히 예뻤다. 광섭

인 막내였다. 내가 고등학교 졸업반일 때 중학생이던 계숙인 괄괄한 다른 형제와 달리 새침데기에 말도 없었고 검은 눈과 짙은 눈썹이 신비스럽게 보이는 아이였다. 광섭인 미취학 아이였던가. 웃는 모습이 너무 귀여워 내가 잘 안아줬던 기억이 난다.

엄마가 식당에서 항상 바쁘니 아이들은 집 안팎을 뛰어다니며 들쌀대 집은 늘 소란스러웠다. 그 집은 어수선해서 내가 가면 할 일이 많았다. 나는 그때 흙발로 들락대는 아이들의 규율부장 역할을 하며 넓은 집 청소를 분담해 시키고, 깨끗해진 집 안을 둘러보고 보람을 느끼기도 했다.

아이들은 나를 "이모, 이모" 하며 잘 따랐다. 저녁엔 이불 속에 다리를 뻗고 둘러앉아 옛날이야기를 해주었다. 애들은 이불을 뒤집어쓰고 벌벌 떨면서도 귀신 이야기를 제일 재미있어했다. 달빛이 괴괴한 밤에 집에서 좀 떨어진 화장실에 가려면 무서웠다. 그럴 땐 아이들을 데리고 가서 밖에 보초 세워 놓기도 했다.

그 후 내가 일찍 결혼해 연년생을 낳고 바삐 살며 언니네 소식은 거의 듣지 못했다. 내겐 시집 친척들이 워낙 많아 친정의 친척들과는 소원하게 지내왔기에 친정에 갔을 때 조금씩 듣거나 할 뿐이었다.

사촌 형부가 갑자기 돌아가신 후 풍을 맞은 언니는 불편한 몸으로도 친척 집엘 잘 돌아다니셨단다. 그러다 당신이 중매한 우리 큰오빠 집에 와서 두어 달 지내다가 큰아들네로 갔는데 우리 오빠 집에서는 잘 들어가셨겠지 하고, 그 집에서는 우리 집에 계시려니 하는 사이에 행불자가 되었다는 소리를 들었다. 사람 찾기 힘든 시절이었다. 가족들이 전국을 수소문하며 찾아 헤맸지만 못 찾고 지금까지 집에서 나간 날을 제삿날로 모시고 있다고 했다.

"머스마들이 늘 따라다니더니 일찍 시집갔다며……."

난 아무래도 계숙이가 일찍 남편을 잃었다는 게 안타까웠다.

"그래도 이모, 아들 둘 다 여위었어요."

가족력인지 계숙인 40대에 풍을 맞고 막내 광섭인 30대에 풍을 맞았단다.

예식장까지 가는 길은 한참 걸렸다. 계숙이는 절름거렸고 광섭이는 다리를 끌었다. 나는 그네들과 보조를 맞춰 느리게 걸으며 모르고 살던 그네들 형제자매 애기도 들었다. 사촌 언니, 한 배에서 나고 자란 형제들은 각기 흩어져 제각기 다른 형태의 삶을 살고 있었다.

지방에 있는 친정 오빠를 대신해 예식장엘 가며 나는 오랜만에 보게 될 예쁜 사촌 조카들 생각에 들떠 있었다.

그러나 계숙인 손도 마음대로 못 쓰는지 방명록에 이름도 내게 써 달라 했다. 성이 무어예요, 하고 묻던 말도, 몸도 어눌했다. 오랜만에 만난 사촌 오빠들도 노인이 되었고 그들의 낯선 자녀들은 이미 중년이었다. 늙은 사촌들은 내 손을 쓰다듬으며 예전을 회상했다.

"이쁘더니, 너도 이제 나이를 먹었구나."

세월의 흔적이 나라고 비껴갔을까. 나도 예전을 그리며 노인 같은 광섭이의 까슬한 흰머리를 감히 쓸어보았다. 어릴 때 내가 품에 안아줬던 광섭이다.

"어쩌다 이렇게 많이 변해 버렸니?"

녀석(?)은 나이보다 훨씬 늙은 낯을 하고 쓸쓸하게 삐뚜르미 웃는다. 그 천진한 아이들이 지금 나이 들어 절름거리고 머리가 하얘져서 나타날 줄이야.

집으로 오는 거리엔 봄답잖게 바람이 시끄럽게 내 주위를 맴돌며 회오리쳤다. 아직도 내 머릿속에는 그네들의 어릴 적 예쁜 모습들이 선명히 떠오르는데, 다 어디로 간 거지? 느닷없이 시공을 건너온 듯 멍청히 서 있는 내게 높은 건물들은 낯설고, 허공엔 뿌연 먼지가 일었다. 그 와중에 건물 화단에는 진분홍빛 영산홍이 유난히 눈부시게 화려했다. 그 꽃 빛이 너무 강렬해 나는 잠시 아찔했다. 잔인한 4월 어느 날이었다.

석양의 로맨스

"노인네가 무슨~~"

할머니가 수영장에 다닌다는 말에 여덟 살 손주가 하는 말이다. 쬐그만게 젊음과 늙음을 구별하다니 참내, 느믈한 녀석의 반응이 재밌어 난 한참 웃음을 멈추지 못했다.

소파에 앉자마자 그녀가 갑자기 두 손으로 얼굴을 감싸고 엉엉 소리 내어 울었다. 난 여자의 울음소리가 너무나 커서 순간 우리 집 거실 창문이 닫혀 있나 살폈다. 좀 전 횟집에서 갈치조림으로 식사하면서 소주를 먹은 영향인 것 같다. 내 딴엔 한 병 가지고 둘이 나눠 먹어서 딱 좋았는데 그녀가 말리는 나를 제치고 한 병 더, 하며 멍게며 산낙지 등 술안주를 또 시켜서 못마땅한 터였다. 아까워서 다 먹다 보면 수영으로 기껏 슬림(?)해진 몸이 다시 도루묵이 돼 버릴 것이라서다.

내가 달래도 그녀의 울음소리는 거침없이 한참 이어졌다. 그녀의 솔직함이 부럽기도 하였다. 나라면 기껏해야 숨어서 흐르는 눈물을 감추든지 아니면 마음을 앙다물고 참아낼 것이었다. 여하튼 난 그 나이에도 그렇게 자신의 감정에 충실함을 잃지 않은 정직한 그녀에게 조금은 감동했다.

"싱글인 내가 연애 못 할 게 뭐 있어."

그러는 그녀는 상대도 싱글이어야 한다는 건전한(?) 자신만의 주문을 갖고 있었다. 평소 그녀의 당당함에 대리만족을 하며 난 그녀의 연애를 응원했다. 그녀는 한동안 달떠 있었다. 그녀와 만나는 남자는 그녀보다 연하였다. 사진 속의 남자는 나름 멋이 있었다. 젊은 마인드의 옷매무새며 목걸이와 구두도 예사롭지 않았다. 그만한 남자라면 연하의 젊은 여자들도 탐낼 만했다. 그녀에게 말은 안 했지만 그래서 나는 살짝 불안하기도 했다. 데이트를 하고 온 날이면 그녀는 꿈꾸듯 몽롱한 눈을 하고 구름 위를 걷는 듯했다. 영락없이 사랑에 빠진 소녀였다. 때문에도 난 문득 스치는 걱정을 그냥 떨쳐버렸다.

나와 다른 점이 많은 그녀는 지금의 무료한 내게 가끔은 버거우면서도 신선한 충격이었다. 길다면 긴 인생을 건너온 이즘의 나는, 남은 날들을 주변 사람들과 더불어 너그럽고 안온하게 살고 싶어졌다. 재고 따지고 잘다란 감정으로 서로 할퀴는 그런 관계에 식상해 있던 내게 솔직하고 긍정적인 그녀는 다르게 다가왔다. 여자와 나의 인연은 그리 오래되지는 않았다. 집 문제로 부동산에 드나들며 만난 그녀와 우리 집은 의외로 가까웠고 서로 오가며 금방 의기투합했다. 커뮤니케이션이 된다는 건 서로 공유한 기간과는 또 다른 문제인 것 같다. 일 처리에 있어 느그적거리고 간이 작아 안달안달하는 내게 "뭘 겁내? 해결하면 되지, 할 수 있어." 하는 여자의 사이다 발언은 날 안정시키는 효과도 있었다. 선택 장애가 있는 내가 몇 년을 망설이던 무릎 수술도 그녀에게 이끌려 한순간 하게 되어 그나마 지금 편안해졌다. 여행광이기도 한 영민한 그녀는 갭 투자로 여러 채의 아파트도 갖고 있고 주식에도 능해 상당한 재력을 쥐고 있어 나는 세금 문제나 펀드 등 자문을 구하기도 한다. 다만 그녀가 나를 부러워하는 건 내가 딸이 있으며 손주들에 푹 빠져 지내는 것이다. 두 아들이 결혼했음에도 손주가 없어 그녀는 외로움을 탔다.

그즈음 공방에 다니며 그 남자를 위한 작품을 만들고 있는 그녀는 행복해 보였다. 맛집을 찾아가고 커피를 마시며 경치 좋은 곳으로 드라이브하는 황혼의 연인이 나는 충분히 부러웠다. 하긴 103살 되신 노학자에 의하면 우린 아직 장년이고 사랑할 나이다. 나는 누굴 사랑하긴 했었을까? 까마득한 시절의 자유가 그립기도 했다.

그들이 주고받는 카톡에는 멋진 시어들이 가득했다. 그런데 그 시어들이 주로 인생을 논하고 있어 연인의 것이라기엔 좀 드라이해서 나는 가끔 그녀의 데이트에 의아심도 들었다. 그리고 나이도 연마하고 싱글인 그들에게 더 이상의 결정적인 진전이 없는 것이 좀 안타깝고 조마조마했다. 그녀의 성격으로 보아 그런 것을 감추지는 않을 거라는 걸 내가 알기 때문이었다. 외로운 그녀의 열정에 비해 그 남자는 너무나 신사였다. 그래서 오히려 남자는 여자에게 신뢰를 갖게 하고 직진하게 했는지 모른다.

그러더니 결국, 내 예감이 단초가 되었을까. 나이 든 사랑에 무엇이 걸림돌이었는지, 별 삐걱거림도 없이 그들은 젊잖게(?) 헤어졌다. 울음을 그친 그녀에게 자세히는 묻지 않았지만 어찌 됐든 그들의 로맨스는 무르익기도 전에 해프닝으로 끝나버렸다.

어느 날 그녀는 다 부질없다며 마음을 정리했다. 그리고 소녀 때 즐겨 읽었던 유안진의 「지란지교를 꿈꾸며」를 읊으며 나와 가까이에 살고 있음을 행복하다고 했다. 그렇게 넉넉한 그녀의 사랑은 건조한 내게도 건네졌다. 노년이 되었어도 속에 소녀가 들앉아 있다는 걸 우리는 서로 안다. 거기에 더해 우리의 연륜은 혹 서로 잘못을 한다거나 서운함이 있을지라도 대충 이해할 만큼 성숙해 있다는 것도.

얼마 동안 우울해하던 그녀가 다시 깔깔 웃으며 예전의 밝음을 되찾았다. 그리고 노년의 여자는 다시 걸크러쉬(?)한 소녀가 되었다.

해는 이미 석양으로 기우는데 귀엽고 능청스러운 우리 손주 녀석들은 지들에게 헤어나지 못하는 할머니의 넘치는 사랑을 그 언제나 알게 될까?

한 영 옥

한마디

새것의 꼬리표를 떼고 자리에 누우니 통창 너머로 밤하늘 별숲이 내린다. 투명하다. 마을도 고요하다. 낮에 보았던 바다는 어둠이 삼켜버려 보이지 않는다. 날이 밝으면 그곳을 먼저 걸어가 보리라.

약력

- 《문학저널》(2007) 등단
- 중랑문학상 우수상(2017)
- 느티나무문우회 동인, 방송대 마로니에 동아리

일상 탈출 외1편

느디어 해남으로 항하는 닐이다. 새벽 고속비스는 한산히다. 달리면서
도 쓰고 싶었던 지난날들을 더듬는다. 여기저기 기웃거리다 남긴 언어의
조각들, 돌아올 때는 완성해 보겠다는 생각이 요동친다.

해남 땅끝 마을에 작가들만을 위한 공간이 있다. 문단에 이름을 올려야
갈 수 있는 문학촌, 정보를 접하고 마음은 이미 그곳을 향해 줄달음친다.
부랴부랴 서류를 작성해 올린다. 글 쓰는 사람들이 많아 쉽지 않을 거라
는 생각이 크지만 막연하게 혼자만의 공간에 젖어 보고 싶다. 오롯이 나
만을 위해 아무런 방해받지 않고 사색할 수 있는 그런 시간을 말이다. 여
러 날 집을 비운다는 사실에 용기가 필요했다. 환경이 다르면 생각도 많
아지고 사고력이 더 깊어질 테니까. 허나 쉽사리 떠나지 못하는 아녀자의
일상이 녹록하지 않다. 잠시 이탈 아닌 일탈이라 해도 말이다.

왜 쓰려는 걸까, 미지의 세계에 서성이는 내가 미련하단 생각까지 든
다. 정답이 있기나 한 걸까? 힘든 만큼 보람도 달달하니 떨쳐버리지 못한
다.

접수를 하고 며칠이 지나가고 있다. 발표하는 날 내내 문턱이 닳도록
기웃거렸지만 자정을 넘기도록 아무런 소식을 접하지 못한다. 아쉽지만
포기를 하고 잠시 호기심 가득 설레던 마음을 내려놓는다.

다음 날 그래도 혹시나 한 생각에 메일을 열어 본다. 새벽 두 시 삼십
분! 그 시간에 소식 하나가 와 있다. 입주하라는 소식이다. 전율이 인다.

뜻밖의 행운에 가슴이 뛴다. 시간을 맞추기 위해 낮과 밤의 경계를 넘어 정성으로 보내온 그 성실함이 가슴을 뭉클하게 한다.

한옥촌에 도착했다. 땅끝 해남의 서촌마을이 자연과 더불어 한가로이 자리한 이 터, 아랫마을 지붕 끝으로 바다가 펼쳐 있다. 최초의 건물이 지어지고 최초의 입주자가 된다. 일주일간 숙식을 제공 받고 그곳에 머문다. 한 달에서 반년 일 년, 긴 기간을 예약한 이도 있다. 풍양개, 진돗개들이 먼저 반긴다. 인송문학촌 토문재, 인송은 이곳 촌장의 호요, 토·문·재 (토순이, 문돌이, 재돌이)는 애견들이다.

육골로 옥토를 일구고 뜨거운 정열로 심혈을 기울여 성을 쌓았다. 오랜 시간 차곡차곡 준비한 꿈들을 이렇게 현실로 이루기란 쉽지 않은데 더 큰 일이 남아 있어 아직 미완성이라고 한다. 문학 박물관과 작가들의 연수원을 짓는다면서 설계도를 보인다.

입주자 미팅 중에 촌장은 말한다. 땅끝 해남 하면 문학에 이름을 남긴 명소며 남해의 풍광이 누구라도 관심 있으니 심사하는데 선정이 쉽지 않았다고 한다. 좋은 곳이 많으니 낮에는 골고루 다녀보고 감성을 깨우면서 밤에는 글 쓰며 부담 없이 지내라는 말을 잊지 않는다. 글 쓰는 사람들은 우리 모두의 자산이라고.

지정된 방 난초실에 짐을 푼다. 모든 생활용품, 이부자리, 새것의 꼬리표를 떼고 자리에 누우니 통창 너머로 밤하늘 별숲이 내린다. 투명하다. 마을도 고요하다. 낮에 보았던 바다는 어둠이 삼켜버려 보이지 않는다. 날이 밝으면 그곳을 먼저 걸어가 보리라.

쉬 잠들지 못한다. 멀리서 불빛이 가물거린다. 섬과 섬 사이 바닷길이 열리는 시간을 확인해 보고 가야 한다. 자칫 고립이 되면 낭패다. 도린곁 같지는 않지만 망둥이처럼 뛰어다니다가 곤란한 일이 생길 수 있으니 신중해야 한다 혼자이니까.

식구들에게 잘 도착했다는 이곳 풍경과 함께 몇 자 적어 톡을 보낸다.

"어머니 내용이 시 같아요!"

며느리가 바로 회신을 보낸다.

글 한 편이라도 제대로 건질 수 있을까. 마음 언저리에 웅크린 채 서성이는 미성숙의 존재들, 도서관 책상 앞에 앉은 듯 풍요로움이 충만에 이른다. 나만의 세계 첫날 밤의 고요가 흐른다.

너를 만났을 때와 지금

세월이 흐를수록 옛것이 더 좋다는 말을 실감해, 너를 두고 하는 말이야.

강산이 네 번 바뀌었어. 어떤 물건이든 손때 묻은 흔적이 많을수록 애착이 가는 건 사실이지. 너를 처음 보았을 때 푸른색 몸통이 하늘빛 같아서 좋아보였어. 우리 집에서 네가 첫 애장품이거든. 지금에야 세련되고 편리한 것도 많지만 쉽게 내쳐 버리지 못하는 성격 탓도 있지, 긴 세월 함께 했으니 고맙지 뭐야.

주인님이 저를 곱게 대해줘서 긴 시간 함께할 수 있었습니다. 처음 제가 매장에서 선택되었을 때 표현은 못했지만 무척 기뻤습니다. 특이하게 생겼다는 이유로 여러 번 버림받았거든요. 그런 탓에 저렴하게 선택되었다 해도 지나가던 이들이 힐끔거리고 이유 없이 툭툭치는 불쾌함은 더 이상 없을 테니 말이에요. 그래도 아직 성능은 좋으니 생명력이 긴 셈이에요.

응 그랬구나, 너는 우리 결혼과 동시에 만나게 되었지. 오랜 세월 곁에 머물면서 우리 사는 걸 다 지켜봤으니까. 첫아이가 태어날 때 구로동 산동네 언덕 집이었어. 너를 데려올 때 매장 주인은 우리 부부를 남매로 보고 좋은 오빠를 뒀다며 마구 칭찬하던 걸, 많이 닮았다면서. 그 집은 무척 덥기도 했지만 바람도 얼마나 거세던지 애기 빨래를 널면 긴 것은 빨랫줄과 같이 돌돌 말려서 한참을 풀어야 했어.

네! 빈손으로 시작한 보금자리 열심히 사신 거라 생각해요. 주인님은 한 직장에서 평생을 다 받친 그 성실성이 으뜸이에요. 퇴직 후 그 자리에서 계약직으로 지금도 현직에 있으니 말이에요. 참 잊혀지지 않는 기억이 있어요. 홍수가 났을 때 기계 자동 센서가 작동되지 않아 책임자로서 해고될 뻔했잖아요. 그때 아파트 베란다에서 뛰어내리고 싶었대요. 수년을 성실히 일했는데 어이없는 일이잖아요.

그래 그때 홍수는 자연재해라고 해서 석 달 감봉으로 위기를 잘 넘겼지. 그뿐이니 살던 집을 허물고 새로 지으려는데 비가 삼박사일을 퍼붓듯 쏟아졌어. 시멘트가 없다고 건축업자가 집을 못 짓는다고 했어. 한 달이 넘도록 아무것도 안 하고 온 동네 쓰레기만 산더미처럼 쌓이는데 집은 온데간데 없고, 너 상상이 가니? 그래도 책임자와 잘 타협해서 튼튼하게 잘 지어줬어.

맞아요! 그때 임시로 사는 지하방에서 여러 짐들과 겹쳐 쌓여 있는데 목이 부러지는 줄 알았어요. 조금만 더 지체되었다면 습기 차고 녹도 슬고 날개도 달아날 수 있었단 말이죠. 저한테는 그 시간이 제일 위기였어요. 참 주인님 허리는 좀 어떠세요? 그때 새집에 입주하고 여덟 달 만에 허리통증으로 일어서질 못해서 앞집 아저씨가 삼 층에서 일 층으로 업고 내려와 구급차에 실려 갔잖아요. 아찔했지요?

그래 진료 후 그냥 가라잖아, 서지도 못하는 사람을 말 돼? 병원 바닥에 주저앉아 떼를 썼지. 결국 다른 과로 가서 수술을 했어. 허리라 몸을 움직일 수 없으니 등은 온통 땀띠로 벌겋게 부풀었지. 복 중이었거든. 잘 치료해서 십 분 거리를 열두 번도 더 쉬어야 했던 그런 날도 있었네. 지금은 건강해. 술을 좋아해서 등에 지고 가라면 싫어도 마시고 가라면 거절 않는 모습이야. 수없는 날 내 속은 까맣게 탔지만 말이야.

아휴 그래도 주인님을 이해해 주세요. 잘 사셨다고 생각해요. 셋을 낳아 다 둥지를 틀어서 별 일 없이 잘살고 있잖아요. 자식들이 제각각 보금자리에서 아홉이나 되는 손자손녀가 크고 있잖아요. 미국에 사는 큰딸이 아이가 넷이라 좀 많기는 해도 다녀오셔서 기뻐하셨잖아요. 애들이 많은데도 질서가 있어서 잘하고 살더라고. 가기 전에 투덜대던 모습 저는 기억한답니다. 많이 힘드셨지요?

그런 건 좀 잊어줘라. 잘 알면서. 소원하던 공부하느라 얼마나 시간에 쫓기며 살았는지 다 봤잖아. 하나만 낳아 잘 기르자는 사회 분위기를 거스르고 셋을 키우느라 편하게 자리에 앉아 밥 먹을 여유도 없었어. 부업으로 손끝에는 늘 일이 들려 있었거든. 막내까지 대학 졸업하는 날 마음이 좀 놓였어. 여유가 생기니 내가 모르는 새로운 것들을 배우고 싶더라. 별 영양가 없는 소리로 주절주절하네 이해해줘라.

우리 사이에 무슨 말이든 어때요. 말은 배설 효과가 크다고 해요. 생존에 유리하기 때문에 뇌에서 밀어내려고 한대요. 글쓰기 치유 효과를 연구해온 미국 심리학자 제임스 페네베이커(James Pennebaker)는 그날 느낀 감정을 쓴 집단 연구 결과 이전보다 정신적·육체적 좋아졌다는 걸 알았어요. 배설은 누구도 도와줄 수 없는 오직 자신만이 할 수 있다는 걸 말이에요. 친구와 수다로 풀고 나면 기분 좋듯 말이에요.

그래 너 그거 어떻게 알았어?

"책 보는 거 어깨너머로 봤지요."

그렇구나! 난 지금이 좋아. 애들 다 각자 살고 우리 부부 아픈 데 없이 건강하니 더 바랄 게 뭐 있겠어. 재미없는 얘기 들어줘서 고마워. 올여름에도 만날 수 있지.

"아휴 그럼요. 오래돼 볼품은 없어도 여름은 제가 책임져요. 더 큰 기계가 내뿜는 바람 싫으시니까."

그래, 고마워 안~녕!

『수필』

이 호 재

한마디

사람들은 자신의 잘못을 여전히 깨닫지 못한다.
환경 파괴 행위를 각성하고 바로잡지 않으면
최후의 심판이 기다리고 있으리라.

약 력

- 《불교문학》(2013) 등단
- 한국방송통신대학교 국어국문학과 졸업, 중앙대학교 예술대학
  원 시 창작 전문가과정 수료
- 중랑신춘문예 우수상(2007), 중랑문학상 우수상(2018), 아산문
  학상 우수상(2020)
- 한국문인협회 회원, 중랑문인협회 부회장

머거리 외 1편

어릴 적 아버지를 따라 뒷산 넘어 낯선 마을들을 지나 처음 가본 읍내에서 이빨을 뽑았다. 흔들리는 이빨을 방치하여 덧니가 났던 것 같다. 병원인지 약국인지 유리문을 열고 들어가니 펜치 같은 집게로 이빨을 뽑는데 엄습하는 공포 속에서도 잘 참아낸 것 같다. 앓던 이를 뺀 자리에선 피가 흐르고, 의사인지 약사인지 모를 시술자는 내 이빨 사이에 알코올에 적신 약솜을 물려주고 마스크를 씌워 주었다. 집에 오는 길에 입안에 고인 침과 흐르는 피가 마스크를 적시고 추운 날씨에 고드름이 주렁주렁 달렸다. 통증을 참느라 침을 뱉지도 못하고 입을 앙다물지도 못한 채 질질 흘리며 그대로 집에까지 왔던 기억이 떠오른다. 내가 마스크를 처음 쓴 기억이다. 물품이 귀하고 궁핍한 시절이라 마스크는 희소성이 있는 기호 물품이었다. 그 마스크는 멋 부리기 좋아하는 형 차지가 되었다.

코로나 사태가 발발하고 마스크 대란이 발생했음에도 우리 집에는 몇 달 전에 묶음으로 사놓은 마스크가 많이 있어 불편을 겪지 않았다. 미세먼지가 연일 기승을 부려 구매한 KF94 황사용 마스크가 방역 마스크로 쓰임새가 바뀐 것이다. 결과적으로 미래를 예측하고 유비무환의 태세를 갖춘 셈이 되었다. 세월 따라 마스크의 용도도 이렇게 변화를 겪는다.

지구촌 모든 인류가 바이러스의 공습으로 이토록 급격한 생활 양상의 변화를 초래할 것이라고 누가 예상이나 했으랴. 극심한 미세먼지가 푸른 하늘을 점령하자 미세먼지주의보와 경보를 발령하고 비상저감조치를 발령하였던 것도 급작스러운 환경 변화에 따른 일이었다. 비상저감조치에 따라 야외활동을 자제하고 대기오염물질 배출 업소의 조업을 단축하고 도로에 먼지 흡입 청소차를 운영하고 살수 작업을 하고 야단법석을 떨어봐야 임시변통적인 조치일 뿐이었다. 화석에너지 이용 증가로 오염물질 배출은 급격히 늘어나는데 고등어를 굽지 말라는 황당한 대책이나 내놓으니 대기 환경은 극도로 악화할 수밖에. 장기적이고 근본적인 대책은 너무 소홀하였다고 볼 수밖에 없다.

대기 환경 악화로 인간들이 마스크를 쓰도록 한 것은 신의 경고라고 본다. 경고에도 인간들이 크게 경각심을 갖지 않자 바이러스를 유포하여 잘못된 환경 파괴 행위를 바로잡고자 하는 것이리라. 그래도 깨닫지 못하는 사람들에게 변이바이러스를 통하여 더 큰 경각심을 주고 있지만, 사람들은 자신의 잘못을 여전히 깨닫지 못한다. 환경 파괴 행위를 각성하고 바로잡지 않으면 최후의 심판이 기다리고 있으리라.

물이 오염되면 물고기는 피할 곳을 찾지 못하고 모두 질식하듯이 대기가 심각하게 오염되면 사람들은 피할 곳이 없다. 지구를 떠나 다른 행성을 찾아가기 전에는 모두 숨이 막혀 죽을 수밖에 없다.

소에게 밭갈이를 시킬 때 풀을 뜯어 먹지 못하도록 입에 씌우는 걸 부리망이라고 한다. 새의 부리에 씌우는 망이 아니라 소를 부릴 때 씌우는 망이라 해서 부리망이라는 이름이 붙었겠다. 머거리라고도 하는데 귀가 먼 사람을 귀머거리라고 하듯이 입을 틀어막아 먹는 입의 기능을 강제적으로 막는다고 머거리라고 하지 않았나 싶다. 어릴 때 시골에서 쓰던 다른 말이 있었던 것 같은데 기억나지 않는다. 머거리는 밭갈이 능률을 위해 소 입에 씌우지만, 농작물을 뜯어 먹다가 소고삐로 매를 맞게 되는 것을 막아주니 그것은 소를 위한 물건이 되기도 하겠다.

맹견을 데리고 산책을 할 땐 개에게 입마개를 착용시켜야 한다. 개에게는 불편을 주는 거추장스러운 장치이겠지만, 만약에 사고가 발생하면 경우에 따라서는 그 개는 살처분을 당할지도 모른다. 결국 개 입마개는 주변 사람들을 위한 용도이지만 불의의 사고를 예방하는 사람과 개 모두를 위한 도구일 수도 있겠다.

사람들이 입머거리가 되었다. 마스크라는 머거리를 착용하고 자의 반타의 반으로 입과 코를 막고 사는 세상이 되었다. 세상이 이러니 변화에 적응해야지 별도리가 없다. 들숨으로부터 나를 지키고 날숨으로부터 남을 보호해야 하니까.

마스크는 신이 인간들에게 씌우는 머거리인가 보다. 계시를 무시하지 말라는 경고로 마스크를 쓸 수밖에 없게 하나 보다. 신은 죽어서 그 어디에도 없다지만, 사람들의 각성 속에 여전히 살아있나 보다.

이상한 여행

대기 행렬 속에서 우리 일행은 여행자 인적 사항 관련 서류를 작성하고 있었다. 여권을 잘 챙겼는지 급작스러운 불안감이 밀려와 트렁크를 열어 짐을 뒤졌다. 기본 중의 기본인데 지금 그걸 찾고 있다니. 다행히 트렁크에서 여권을 찾아 주머니에 챙겼다. 그새 일행들은 모두 다음 수속 코스로 떠나고 나만 홀로 남았다. 서너 명의 대기자들이 두 개의 창구에 나누어 줄을 서 있다. 빨리 일행을 따라잡아야겠다는 생각에 기다리는 시간이 초조하고 다급하다.

도로에 아무렇게나 주차한 그 자리에 내 차는 없고 낯선 차가 주차되어 있다. 누군가 차 밑에 누워서 차를 수리하고 있는 모습이 보인다. 당황스럽게도 내 차는 보이지 않고 어디에 주차해 두었는지 기억도 확실치 않다. 일행에게 전화를 걸려고 주머니에 손을 넣으니 스마트폰이 집히지 않는다. 휴대용 가방과 주머니를 번갈아 탐색해보았지만 아무리 찾아도 스마트폰의 행방은 오리무중이다.

차가 어디 있는지 주변 주차장에 자꾸만 눈길이 간다. 달려가 찾아보고 싶지만, 지금은 줄을 서야 하고 기다렸던 차례가 지연되는 것은 안 될 일이다. 빨리 일행을 따라가야 하는데, 일행 중 날 찾는 사람이 아무도 없다. 낯선 곳에서 미아가 된 느낌이다. 내 스마트폰은 어디에 있을까? 겉옷 주머니와 바지 주머니를 다시금 만져보지만, 감촉이 느껴지지 않는다.

그사이 줄 선 사람들은 모두 떠나고 창구가 문이 닫히고 있었다. 11시밖에 안 된 것 같은데 벌써 점심 먹으러 가려는 걸까? 급히 창구를 두드려 보지만 직원들은 애써 외면하고 있다. 사무실을 나서려는 직원을 붙잡고 아까부터 줄 서서 차례를 기다리고 있는데, 일행들이 먼저 절차를 마치고 떠났는데, 빨리 쫓아가야 한다고 사정하고 매달려 보았지만, 귓전으로도 들으려고 하지 않는다. 기가 차고 어이없는 일이다. 지금 11시밖에 안 되었는데 이 무슨 경우냐고 항의해도 소용없다. 언성을 높여 고함을 지르려는데 목이 잠겨 도무지 목구멍으로 한마디도 말이 새어 나오지 않는다. 기가 막혀 목까지 막혀버렸나? 황망하게도 급작스레 성대 장애가 생겨 목에 핏대를 세워 소리쳐 보지만 도무지 입 밖으로 말이 나오지 않는다.

직원 한 명이 마지못해 자리로 돌아오며 하는 말이 당신 같은 사람 때문에 코로나가 잡히지 않는다며 투덜거린다. 나 때문이라고? 내 잘못이라고? 일단 수속만 마치고 보자구. 시간은 내 편이 아니고 공간도 내 편이 아닌 것 같으니 지금은 저자세로 비위를 맞출 수밖에. 난 지금 을의 처지이니, 일 끝나고 아쉬운 것 없어지면 보자구.

일행은 어디 갔나? 내 차는 어디 있나? 스마트폰도 찾아야 하는데.

혼몽인지 흉몽인지 어젯밤 꿈에 정신 사나워 혼이 빠질 뻔했다. 여행을 떠나려는 꿈이 별스럽다. 돌발적인 바이러스 사태로 인한 억눌린 일상에서 벗어나 자유로운 삶의 욕구가 꿈속에서 표출된 것은 아닌지 해몽을 해본다. 악몽 같은 코로나가 이제 곧 끝나려는 예지몽이면 좋겠다.

한마디

나만의 멋진 한 권의 책이 완성되는 날,
나의 멘토님을 찾아갈 것이다.
그리고 감사한 마음 가득 담아 큰절 올리고 싶다.

약 력

- 《문학세계》(2014) 수필,《국보문학》(2015) 시 등단
- 방송대 국문과 시창작 동아리 '생각의 숲'(2019), 참좋은문학회
  회원
- 〈백세신문〉 남양주 리포터
- 동인지: 소정문학 시(2020), 주천강문학회(2018), 방송대국문과
  시창작(2019)

버킷리스트 외 1편

 나는 환갑에 수능 시험을 보았다. 얼마나 가슴이 떨리고 눈물이 나는지 이것이 꿈인가 생시인가 싶었다. 바로 10년 전에 작성한 나의 버킷리스트 덕분이다.

 내겐 이런 삶을 안겨준 특별한 분이 계신다. 50대 초반에 성당 'ME 부부 모임'이라는 단체에서 처음 만났는데 그분은 퇴직 나이가 훨씬 지났는데도 현직에서 왕성한 활동을 하고 계셨다. 인천대교 토목공사를 감리하신 분으로서 일흔도 넘은 나이에 몽골에서 마지막 임기를 마치고 귀국하셨다. 이분이 내가 가장 존경하는 나의 멘토님이시다. 현재는 우리 아파트 단지에서 '잠안사'라는 모임을 이끌고 계신다. 잠이 안 오는 사람들이 모여 일요일 새벽에 동네 청소를 한다고 붙여진 이름인데 벌써 20년이 넘어가고 있다. 자발적으로 누구나 참여할 수 있는데 회원도 매년 늘고 있다고 하니 이 모임 또한 매우 바람직한 모임이 되어 가고 있다. 남편도 회원으로 참여하고 있는데 늘 멋진 형님이라고 입에 침이 마르도록 자랑하고 다닌다.

 나의 멘토님은 모든 일에 적극적인 분이시다. 대표를 맡고 계실 때도 대충하지 않고 언제나 열정적이었으며 회원들에게 권장 도서는 물론, 항시 유익한 정보를 주고자 노력하셨다. 10년 전 ME 모임으로 갔던 시골펜션에서의 특강은 지금도 잊을 수가 없다. "아무것도 늦지 않았다. 그것을 알아차린 순간에 벌써 반은 해낸 것이다."라는 말씀은 내게 큰 충격으로 다가왔었다. 그동안 내가 얼마나 많은 것을 포기하고 살아왔는지 깨닫게 해주었고 다시 도전할 수 있는 용기와 함께 꺼져 가는 희망에 불씨를 붙여 주셨다.

그날 부부 모임에서 우린 버킷리스트를 작성하였다. 열 가지가 아니라 백 가지를 쓰라고 하셨는데, 써 내려갈수록 어렵게 느껴지고 무엇을 써야 할지 막막하여 옆 부부를 기웃거리기도 했다. 대체로 나는 현실 가능한 것을 적다 보니 일기 수준에 그치고 말았는데 발표 시간에 다른 분들이 작성한 것을 들으니 부끄럽기 짝이 없었다. 숙박업을 하고 계신 형제님은 한국에서 제일 큰 호텔을 짓겠다고 쓰셨고, 순환기내과 병리사로 근무 중인 자매님은 그 분야에서 교수가 되겠다고 썼다. 부동산을 하고 있던 형제님을 비롯한 많은 분이 나로서는 생각조차 할 수 없었던 거대한 목표를 쓰셨고 발표하였다. 내게는 이 모든 것들이 신선한 충격으로 다가왔다. 한심하게도 내가 쓴 것은 가계부 매일 쓰기, 냉장고 새것으로 교체하기 등등이었다. 멘토님은 아내와 함께 작성한 버킷리스트를 코팅하여 침대 모서리에 걸어두고 매일 본다고 하셨다. 마지막에 멘토님은 꿈은 클수록 좋다고 하시며 그동안 자기가 꼭 하고 싶었던 것을 적고 행동으로 바로 시작해볼 것을 권해주셨다.

그날 이후의 나의 삶은 이전과 달라지기 시작했다. 무엇이든 해낼 수 있다는 자신감이 차오르니 실행으로 하나둘 옮겨가기 시작했고 평생 한으로 남아 있던 공부를 시작했다. 검정고시 학원에 등록하여 고등과정을 마치고, 2016년도에 자식 뒷바라지하면서 안타까운 눈으로 지켜봐야 했던 수능 시험장에 학생들과 어깨를 나란히 하고 앉았다. 자식을 수능장에 들여보내 놓고 마음 졸였던 순간들이 떠오르고 내가 학생으로 그 현장에 앉아 있다는 사실이 믿어지지 않을 만큼 가슴이 벅차오르고 눈물이 났다. 무엇보다도 딸과 사위들이 정성스럽게 준비해준 도시락과 "어머님 힘내

세요. 파이팅입니다."라는 편지는 영원히 잊지 못할 것 같다.

수능 시험 점수가 발표되고 부천에 있는 어느 대학 캠퍼스를 남편과 함께 방문했다. 하지만 최종 선택은 방송대 국문과였다. 이 나이에 정말 내가 해낼 수 있을까. 두려움이 가장 컸다. 다행히 입학식에서 만난 머리가 희끗희끗한 만학도들이 내겐 또 다른 희망으로 다가왔다. 오래된 동지처럼 느껴지고 다시 한번 도전해보자는 각오가 생겼다. 어디에 그런 열정이 남아있었는지 신기하리만큼 공부가 재미있고 시간 가는 줄 모르게 빠져들었다. 아침이면 비록 머리가 텅 빈 백지처럼 하얘지기도 했지만, 무사히 졸업하였다.

'콩나물시루에 물을 주면 물이 다 빠져 버려도 콩나물은 쑥쑥 자라고 있다'라고 하신 조남철 교수님의 말씀이 왜 방송대의 전설이 되고 있는지도 깨닫게 되었다.

"내가 살아온 이야기를 소설로 쓰면 100권도 넘지. 암, 넘고말고." 하고 말씀하셨던 친정 엄마처럼 나도 살아온 내 이야기를 이제 글로 쓰고 싶다. 보고 듣고 느끼고 살아온 순간들을 엉킨 실타래 풀듯 하나씩 하나씩 풀어내 나 자신을 토닥여주면서 그래도 잘 살았다고 응원도 해주고 싶다. 나만의 멋진 한 권의 책이 완성되는 날, 나의 멘토님을 찾아갈 것이다. 그리고 감사한 마음 가득 담아 큰절 올리고 싶다.

아버지

　날씨가 화창하다. 차를 갖고 살살 다녀오라는 남편 말을 뒤로하고, 동서울터미널로 향했다. 아버지 전화를 받고 친정에 가는 길이다. 돌아가신 엄마 통장에서 돈을 찾으려는데, 자식들이 그 돈에 대하여 포기 각서를 제출해야 한단다. 평일이라 그런지 대합실은 한산하다. 버스가 도심을 빠져나오니 가슴이 확 트이고 창가로 보이는 경치가 아름답다. 들판 풀들은 바람 따라 넘실대고 먼 산 나무들이 손짓하며 부르는 것 같다. 어느새 마음이 먼저 고향으로 달려간다.

　눈을 감으니 고추밭에서 "누가 일등이냐?" 하고 소리치시던 엄마 모습이 다가온다. 고추 따기가 싫어서 정말 꾀도 많이 부렸는데 그때 그 시간이 그립기만 하다. 엄마가 학교에 오는 날이면 자랑스러웠다. 얼굴이 하얗고 긴 코트를 입었는데, 그때 모습을 기억하는 친구들은 "넌 누구를 닮았냐, 왜 엄마를 닮지 않았느냐?"라고 묻기도 했다.

　부모님은 자식들을 도회지에서 키우고 싶은 욕망이 있으셨는지 내가 초등학교 5학년 때 일자리를 구해 청주로 나가셨다. 자리가 잡히면 너희들도 데려가겠다고 하셨지만, 얼마 되지 않아 연탄가스에 중독되는 일이 벌어졌다. 고압산소통까지 들어갔다 나올 정도였으니 지금 생각해도 아찔하다. 한꺼번에 모두 고아가 될 뻔하였다. 그런데 정작 문제는 후유증이었다. 엄마가 뇌 손상으로 환갑 나이에 알츠하이머 치매 진단을 받으셨다. 자식들은 아이들도 아직 어리고 경제적으로도 두루 힘들었던 시절이었으니 모실 엄두도 내지 못했다. 나 역시도 출가외인이라고 결혼해서 살다 보니 선뜻 모시겠다는 말을 쉽게 할 수가 없었다. 늘 마음뿐이고 반찬해서 들고 가끔 찾아뵙는 것이 고작이었다. 아버지가 "내가 살아 있는 동안은 엄마 걱정하지 말고 너희들이나 잘살라"고 하셔서 다행이다 싶었고 그렇게 해도 되는 줄 알았다. 하지만 아버지의 생활은 말이 아니었다. 식사 문제도, 집안일도 늘 엉망이었다. 어쩌다 들르면 발을 들여놓는 순간부터 올 때까지 엉덩이를 바닥에 붙일 틈이 없었다.

두 분은 성격이 너무 달랐다. 불같은 아버지와 느긋한 엄마가 만나 사시니 수시로 부딪쳤다. 나는 아버지 한 분 보고 시집와 평생 고생하고 사셨으니 엄마는 당연히 아버지가 책임져야 한다고 어깃장을 놓았고, 어머니가 저렇게 된 것도 모두 아버지 책임이라고 생각했다. 늘 무뚝뚝했던 아버지가 원망스럽게 느껴졌고 모두가 지쳐갔다. 서로에 대한 원망이 쌓여갔고 이해보다는 자기 주장만 강해져 갔다. 엄마가 짐짝으로 느껴질 때쯤, 그렇게 10년을 버티시고 엄마는 우리 곁을 떠났다.

장례식을 치르고 올 때, 아버지 혼자 두고 오려니 발걸음이 떨어지지 않았다. 누구라도 함께 가시자는 말을 해주었으면 얼마나 좋을까! 생각했지만 모두 침묵을 지켰다. 우리 속마음을 알아차리기라도 한 듯 아버지는 "내가 못 움직일 때 너희들 집으로 가겠다. 걱정하지 말고 어서들 가거라" 하시며 등 떠밀어 주었다. 엄마가 돌아가시기 전까지 나는 늘 가슴에 돌덩이를 얹고 사는 기분이었다. 자식을 위해 평생 고생만 하고 살아오셨는데 자식으로서 할 도리를 다하지 못하니 가슴이 미어지고 아팠다.

어느새 터미널에 도착했다. 성격 급한 아버지는 내가 차에서 내리자마자 성큼성큼 앞장서 걸어가신다. 자장면이나 먹자는 말씀 무시하고, 혼자 식사가 변변찮았을 것 같아 무조건 고깃집으로 갔다. 육질이 좋다는 주인

말을 듣고 등심 2인분을 시켰다. 그러나 아버지는 못마땅한 듯 "냉면 한 그릇 먹는 게 낫지 원. 너나 많이 먹어라." 하시며 된장찌개에 밥 한 공기를 후딱 비우셨다. 그 고집은 여전하다. 농협에 들러 통장 일을 함께 처리하고 나오는데, 앞장서 가시는 아버지 뒷모습이 가슴에 와 꽂힌다. 어깨가 15도로 굽은, 힘없고 측은한 노인.

"나는 니들이 힘이여! 아프지 말고, 위도 나쁜 것이 괴기 좋아하지 마라. 그저 푹푹 끓여서 먹어라. 속 안 좋은 데는 흰죽이 최고여." 속이 안 좋아서 늘 고생하는 내게 하는 말이다.

"저는 괜찮아요. 전 아버지가 걱정에요." 하니 "나는 끄떡없다. 그리고 살 만큼 산, 내가 걱정이냐? 난 니가 제일 걱정이여! 젊은 것이 맨날 아프니 원!" 하신다.

아버지에게 여자 친구 생겼다고 오늘까지 껄끄러운 마음이었는데, 이토록 내 걱정을 하고 계셨다니 놀랍기만 하다. 엄마 떠나고 어찌 사실까 걱정도 했지만, 내 걱정이 무색하리만큼 잘 살아서 그동안 아버지 걱정을 접고 살았었다.

"그 아줌마, 지난주도 왔다 갔어요?"

"응, 그래 다녀갔다."

"근데, 아버지 어디가 그렇게 좋대요?"

"그 여자도 나처럼 정이 그리운 사람인가 보더라. 시골이 좋대. 돈도 필요 없고. 니들이 걱정하는 그런 여자 아니니까 걱정하지 마라."

"순진하시긴, 그런 여자가 어디 있어요? 그 아줌마가 아버지 통장에 돈 들어 있는 거 알고 접근한 거지. 팔십이 넘은 아버지를 좋아한다니 말이 돼요?"

'아차!' 싶었지만 이미 엎질러진 물이었다. 어쩜 이게 나의 솔직한 심정이었을 것이다. 침묵이 흘렀다. 그리고 후회가 밀려오기 시작했다.

"죄송해요. 아버지!"

"알았다. 내가 알아서 할 테니 걱정하지 마라. 농협 가서 계란 한 판 사 갖고 들어 갈란다. 어서 가라."

"옆에 슈퍼 있잖아요?"

"농협이 싸다." 어서 가라며 손을 흔드는 아버지 모습이 오늘따라 유난히 작아 보인다. 아버지를 뒤로 하고 서울행 버스에 올랐다. 키가 저렇게 작아지셨나? 등도 좀 굽은 것 같고, 오늘에서야 진짜 아버지 모습을 보는 것 같다. 가슴에 울컥 그 무엇이 올라온다. 돌아오는 내내 아버지 뒷모습이 아른거리고, 엄마의 목소리가 귓전에 울리는 듯하다.

"니 아부지도 불쌍한 사람이여. 그러지 말고 잘 해드려 이것아."

전화할 때마다 "이렇게 살아 뭐하니? 빨리 죽어야지." 하는 말이 화가 나고 짜증도 났는데 이제야 아버지 마음이 느껴지고 가까이 다가온다. 엄마 돌아가시고, 친구분 소개로 만났다는 성남 아줌마가 밉고 아버지도 미웠는데, 이젠 조금씩 다가갈 수 있을 것 같다. 아버지 엄마 몫까지 오래오래 사세요!

황 단 아

한마디

좋은 습관을 유지하려면 깨어 있는 마음 상태가 중요하다. 나이 들어서 굽어진 허리를 상상하기도 싫다. 굽어지지 않으려면 건강할 때 좋은 습관을 길러야 한다.

약 력

- 《한국산문》(2015) 신인상 등단
- 중랑신춘문예 소설 부문 수상(2020)
- 한국산문문인협회 회원
- 수필집:『고무래』(2017)

만 보 걷기

그라운드 골프도 인간관계다. 집 앞 다리 밑에 초록 잔디가 나만 보면 싱긋이 웃고 있다. 햇살과 함께 빛이 반짝이며 언제나 나를 반겨준다. 마을 들어오는 입구에 화사한 모습으로 나를 부르는 곳이 있다. 밖에서 보면 별로 넓어 보이지 않는데 걸어보면 이 끝에서 저 끝까지 제법 걸을 것이 있다. 초록빛과 나, 개인적인 사이는 너무 가깝다. 일출과 석양도 초록과는 가까운지 질투 날 정도로 소곤소곤거리고 있다. 나에게도 말을 걸어온다. 나는 하루에 한 번씩은 초록과 대화하며 만 보를 걷는다. 만 보를 걸으려면 총 열다섯 바퀴는 돌아야 만 보가 넘는다. 한 바퀴 돌면 750걸음이 된다. 날마다 하다 보니 만 보는 식은 죽 먹기다. 나는 걸음이 빨라서 1시간 반 만이면 만 보가 된다. 초록과 만난 지는 일 년이 다 되어간다. 인조라서 그런지 겨울에도 햇살 아래에서 선명하다.

초록을 만나기 전에는 오 분 거리 바다가 있어서 늘 바다와 대화를 하면서 만 보를 했다. 요즘은 바다가 나를 부른다. 바다가 보고 싶으면 차를 타고 가서 확 트인 바다를 감상하고 온다. 초록에 걷기는 바다보다 푹신푹신하니 무릎과 발목에 무리가 오지 않아서 좋다. 바다 걸을 때는 멋진 테라스가 있어서 행복했었다. 그런데 사람의 마음은 갈대라더니 내 마음도 마찬가지다. 지금은 초록과 친하다 보니 바다를 걸으면 밑에서 딱딱한 느낌이 느껴진다. 그래도 바다는 언제나 어머니 품 안처럼 나를 감싸 안아준다. 바닥이 부드러운 느낌을 주지 않아도 바다를 배신할 수 없다. 바다를 너무 사랑하니까. 몇 박 외출 다녀오면 바다가 그리워 빨리 온다. 시원한 바다는 언제나 내 곁에 있다. '장콕토의 시처럼 내 귀는 소라껍질 바닷소리를 그리워한다.' 어딜 가더라도 바다가 그립다.

지금의 만 보 차지는 바다 테라스가 아닌 초록 위에서 결실을 거둔다. 그러다 보면 바다를 보지 못한 날이 제법 흘러간다. 바다를 보지 못하더라도 바다가 내 옆에 있다는 생각을 하면 마음이 든든하다. 처음 이사 왔을 때는 날마다 바다를 다녀와야 했다. 바다에 안 가면 밥을 먹지 않은 것처럼 어딘가 모르게 허전함을 느꼈다. 바다가 옆에 있다는 이유로 내 마음을 평온하게 해 준다. 지금도 마음속에는 바다가 보고 싶은 마음은 한결같다. 전망 좋은 바다에 펜션을 얻어 마음껏 즐기고 싶다. 언제쯤 바다를 놓아줄지 기약이 없다. 바다의 사랑은 바다에 비치는 윤슬처럼 빛이 난다.

바다가 있는 공기 좋은 시골에 이사 온 지가 어느새 십 년이다. 우리 집은 마을에서 조금 떨어진 외딴집이다. 처음부터 남편은 외딴집이라 오기 싫다고 했다. 하지만 나는 외딴집이라 마음에 들었다. 젊었을 때 동네 사람들과 이웃과 많은 접촉을 하며 살아왔기 때문에 나이 들어서 혼자 있고 싶었다. 내가 좋아하는 책 읽고 글 쓰며 혼자 상상의 나래를 펴고 싶었다. 남편은 입씨름만 하면 척척 걸친다.

"나는 여기 외딴집에 살기 싫다". 빨리 이사 가자고 나를 괴롭혔다.

남편의 투정을 받아주면서 십 년이란 세월을 보내다 보니 이렇게 집 앞마당이나 다름없는 곳에 초록빛의 친구가 생겼다.

그라운드 골프는 일반적인 골프와 게이트볼 중간이라고 생각하면 된다. 일본에서 넘어온 것이라고 했다. 요즘 그라운드 골프와 파크 골프가 인기다. 경주 시내만 보더라도 사람들이 복잡하다. 우리 집 앞에는 아직 하는 사람이 많지 않아서 오후에는 혼자 즐길 수 있다. 일반 골프는 4명씩 조를 짜야 한다. 그라운드 골프는 혼자 쳐도 되고 몇 명 무리를 지어 쳐도 된다. 일반 골프채는 15개나 되고 비싸다. 골프장은 부킹하기도 어렵고 한 번 가면 몇십만 원을 소비한다. 그런데 비해 그라운드 골프는 채 하나 공 하나만 있으면 얼마든지 운동할 수 있다. 일본 사람들은 머리가 참 좋은 모양이다.

날마다 고만고만한 아줌마들과 아침만 되면 초록 속으로 빠져든다. 아침 8시 반만 되면 어김없이 한 사람씩 모여들고 그라운드 골프 입구에는 준비 운동 기구도 설치되어 있다. 바로 골프를 치지 않고 준비 운동을 하며 몸을 먼저 푼다. 나만 그런 것이 아니라 동호회 회원들도 준비 운동을 하는 사람도 있고 그냥 공을 먼저 치는 사람도 있다.

동호회 회원들은 나보고 골프를 친다고 자세를 가르쳐 달라고 졸랐다. 사실 그라운드 골프는 배울 것이 없다. 그냥 치면 된다. 무엇이든 처음에는 어설프고 어려운 법이다. 나는 본의 아니게 골프 선생이 되었다. 다리를 어깨너비로 벌리고 기마 자세로 약간 구부린다. 골프채를 옆으로 빼고 앞으로 왔다 갔다 하면 된다고 한 사람 한 사람 다 가르쳤다. 솔직히 골프에 비하면 그라운드 골프는 어프러치 수준이다. 나는 별로 재미없지만 어프러치 연습하고 만 보 걷기 하는 마음으로 함께 어울렸다.

이왕 걸으면서 운동하는 것, 아랫배에 힘주며 가슴을 활짝 펴고 걷는 것까지 알려주었다. 발은 십일자로 하고, 허벅지를 스치며 걷는 요령까지 지도를 했다. 조금 걷다 보면 뒷모습이 원상 복귀된다. 나는 또 한마디 해 준다. 운동 뭐 하러 하냐고? 걸음을 바로 걸어야 몸에 효과가 좋다고 아랫배 힘! 하면서 한마디씩 해 준다. 바르게 걸으면 뒷모습부터 달라진다. 내가 가르쳐 준 대로 걷는 사람은 다섯 명이면 두 사람은 바르게 걸었다. 바른 자세로 걷는 것이 정말 중요하다. 나는 마음속으로 흐뭇했다. 걷는 뒷모습을 보면 그 사람의 몸 상태가 다 나타난다. 어디가 아픈 사람인지 그 사람의 건강이 어느 정도인지 바로 알 수가 있다. 나는 오래전부터 습관이 되었다.

나는 다른 사람보다 똥배가 튀어나왔다. 그래서 더 신경을 쓰고 많은 도움이 되었다. 길거리 가다 보면 엉망으로 걷는 사람들이 많다. 안타까운 마음이 든다. 365개의 혈액이 우리 몸에서 돌고 있다. 머리끝에서 발바닥까지 전달이 되려면 자세가 바르지 않으면 만 보를 걸어도 무용지물이다. 좋은 습관을 유지하려면 깨어 있는 마음 상태가 중요하다. 나이 들어서 굽어진 허리를 상상하기도 싫다. 굽어지지 않으려면 건강할 때 좋은 습관을 길러야 한다. 처음 습관이 중요하지 습관이 되고 나면 그냥 된다.

그라운드 골프를 한 시간 반 정도 치고는 새참을 먹는다. 운동기구 옆에 평상을 두 개 놓아두었다. 비닐로 천막이 쳐진 상태라 겨울에도 그 안에서 하하 호호 웃음이 비닐하우스가 들썩거린다. 나는 구운 계란 담당이다. 각자 가져오는 과목이 있다. 한 사람은 커피, 한 사람은 사과, 거의 뷔페식이다.

하루는 한 사람이 호박고구마를 가져왔다. 사람은 많은데 4개만 가져와서 일이 벌어졌다. 호박고구마가 원인 제공을 한 셈이다. 사람 인원수에 비해 반으로 잘라서 먹어야 하는 계산이 나왔다. 사과를 가져온 사람이 사과를 깎지를 않아서 나는 사과를 깎고 있었다. 그때 나보다 6~7세가 많은 형님이 고구마 하나를 집어 갔다. 그 순간 내 입에서 '어!' 소리가 나와 버렸다. 나는 아차 했다. 후회해도 이미 내 입에서 소리가 나간 뒤였다. 나 자신도 모르게 입에서 나와 버렸다. 그 형님은 무안했다고 왜 그러냐고 하며 고구마를 도로 가져다 놓았다. 나는 나누어 먹자고 한마디 했다. 그러고 난 뒤 사과를 먹고 커피를 마시고 자연스럽게 마무리되었다.

그 이튿날부터 그 형님은 커피타임 참석도 하지 않았다. 내가 먼저 얼굴 보고 인사를 했는데 인사도 받아주지 않았다. 나는 그 순간을 잊어버리고 있었는데 옆에 한 사람이 말해 주었다. 나이 어린 사람이 먼저 전화해서 사과하란다. 정말 어이가 없었다. 나는 울화가 치밀어 올랐다. 지금까지 그 사람은 몰랐던 사람이다. 그라운드 골프 하면서 안 사람이다. 다시 몰랐던 사람으로 되돌리고 싶었다. 그 사람도 그 사람이지만 아침마다 둘만 그 시각에 만나는 사람이 있었다. 다른 사람들은 안 와도 그 사람과 나는 약속이 칼이었다. 그 사람은 커피 담당이고 나는 구운 계란 담당이었다. 커피와 구운 계란은 찰떡궁합이라며 행복해했던 사람이다. 어느 날은 우리 둘만 있는 날도 있었다.

함께 그 광경을 목격하고 나보고 사과하란다. 나 같으면 칠십 먹은 언니답지 않게 뭘 그걸로 삐지느냐고 반문했을 것이다. 커피 가져오는 그 사람이 톡이 왔다. 앞으로 자기 구운 계란을 가져오지 말라고 했다. 나는 할 말이 없었다. 좋게 봤는데 실망했다. 사람은 겪어봐야 알고 물은 건너봐야 안다고 했다. 솔직히 그 사람 때문에 구운 계란을 날마다 구워갔다. 한참 계란값 올라갔을 때도 있었다. 그런 것 상관하지 않고 일 년 동안이나 계란을 구워간 사람 생각도 안 했다. 그 사람이 구운 계란 먹을 때마다 너무 행복해하는 모습이 나에게까지 전달되었기 때문이다. 나는 그때부터 아침에 운동을 나가지 않았다. 사실은 아침에 하는 사람들은 게임을 하기 때문에 운동은 되지 않는다. 그라운드 골프의 인간관계는 다시 원점으로 돌아왔다.

나는 처음 이사 올 때 사람들과 어울리지 않고 혼자 사색하고 글 쓰고 책 읽기 하려고 왔다. 하지만 사람들과 어울리면서 많은 것을 배우게 되었다. 모든 것이 우리의 거울이다. 이제는 사람들과 어울리고 싶지 않다. 느끼며 사는 동안 배움은 끝이 없다. 바다를 걸을 때처럼 오후에 아무도 없는 시간에 혼자서 초록빛과 대화하면서 하는 그라운드 골프는 나만의 행복한 시간이다.

만 보 걷기는 나의 건강을 책임져주고 '어!' 제스처 한마디가 다시 나를
찾아주었다.

『수필』

이 동 석

한마디

흔히 '호랑이에게 물려가도 정신만 차리면 된다'고 하지만, 그
것도 반복된 훈련과 연결돼야 한다는 걸 깨달았다.

약 력

- 《한국수필》(2016) 등단
- 중랑문학상 우수상(2021)
- 한국수필가협회 회원, 참좋은문학회 회장
- 수필집:『따뜻한 밥 한 그릇』

효자 콤플렉스 외 1편

큰아들에게 전화가 왔다. 내 생일 이후 못 봤으니 집으로 오겠단다. 일주일에 한두 번씩 영상 통화로 손자들 얼굴을 보여주면서도 한 달 정도 지나면 부담이 되는지 먼 길 달려오겠다 한다. '오면 좋고 가면 더 좋은 손주님'이라 아내는 마음을 다해 그럴 거 없다고 해도 막무가내다.

우리와 같은 동네에 사는 둘째 아들은 일주일에 두세 번씩 아이들을 데리고 온다. 몇 시간 있는 건데도 어찌나 정신이 없는지 아내는 며느리에게 설거지는 안 해도 되니 얼른 가라고 한다. 그래도 아들은 우리가 애들 보고 싶어 할까 봐 사흘이 멀다고 온다. 그럴 때마다 내가 그동안 부모님에게 했던 행동을 보고 자라서 쟤들이 저런 강박에 걸렸나 하는 생각이 들기도 한다.

아버지 46세에 내가 태어났다. 그러니 나는 아버지 친구분 손자들과 나이가 비슷하거나 오히려 적었지만 부모님은 엄하셨다. 누나가 셋 있는 아들이라 버릇없을까 봐 그러셨던 것 같다. 나도 부모님 기대에 어긋나지 않으려고 6km가 넘는 거리에 있는 초등학교 6년 개근하고 우등상을 받았다. 중학교도 아버지 육순 때에 꼭 한 번 결석했다. 고등학교, 대학교, 현재까지 직장에 다녀도 결근은 거의 없다.

또한 내게는 연로하신 부모님을 부양해야 한다는 생각이 어려서부터 잠재되어 있었다. 아버지가 뇌졸중으로 쓰러지신 후 7년 동안 잘 보살펴

드렸다고 마을에서 효자상을 주신 것이 나를 얽매게 한 것 같다. 직장은 서울에 있건만, 결혼해서도 부모님 모시느라 버스를 타려면 2km는 걸어야 하는 곳에서 살았다. 다행히 아버지는 손주의 돌까지 보시고 삼 개월 후에 돌아가셨다. 그러고도 시골에서 어머님을 모시고 살다가 애들 교육 때문에 결혼 6년 만에 서울로 나왔지만 어머니를 모시지 못하는 마음은 항상 무거웠다. 어머니께 서울에 같이 가서 살자고 해도 친구도 없는 서울에서는 살 수 없다고 하셨다.

요즈음 시골에 혼자 사시는 노인들에 대한 기획 시리즈를 보노라면 그 프로그램에서 보이는 몇몇 자식들의 불편해하는 마음이 내 마음하고 닮았다는 걸 느낀다. 다른 형제자매들은 부모님 생신이나 명절에만 다녀가도 마음이 편하고 거리낌이 없어 보였다. 그런 날 돈 몇만 원 쥐어 드리면, 어머니는 그것을 동네 친구들에게 자랑하셨다. 장남이라고, 크고 작은 행사 준비부터 마무리까지 해도 행사 뒤끝엔 숙제를 제대로 못 한 아이처럼 마음이 무거웠다.

서울로 나왔을 때, 다른 자식처럼 훌훌 털어 버리고 살면 될 터인데 그렇게는 하지 못했다. 큰아들이라는 부담감과 손주를 보고 싶어하는 어머니의 모습이 항상 마음을 짓눌렀다. 어떻게 보면 내가 만든 틀에 나를 가둔 게 아닌가 하는 생각도 든다. 어쩌다 회사에 일이 생겨 못 뵈러 가면 어머니의 섭섭한 목소리가 듣기 힘들어 어머니가 좋아하는 손자들을 앞세워 전화하게 했지만 그것조차도 마음이 불편했다. 마음이 편치 않아서 해외에서 근무하지 않을 때는 거의 매주 시골에 계시는 어머니를 뵈러 갔었다. 차도 없던 시절에 애들까지 데리고 다녔으니 애들이나 아내나 힘이 들었을 것이다.

또 시골에 사시며 답답해하실 어머니 생각에 차를 산 후에는 한 해에 한두 번은 유원지로 모시고 가서 하루를 같이 보냈다. 또 우리의 여름휴가에는 어머니와 며칠 동행하기도 했다. 그래도 내 마음은 울적했다. 늘 죄를 짓고 사는 기분이었다.

솔직히 주말마다 어머니 뵈러 가는 길은 마치 순례자의 길 같았다. 그러다 어머니 편찮으신 몇 년 동안 서울로 모시고 와서 살다가 고향으로 가시고 싶다는 말씀에 보내 드렸다. 그리고 4개월 후 어머니가 말씀도 못 하시고 병환으로 힘들어하실 때 해외에서 휴가를 나와 어머니를 뵈니, 반가운 마음으로 눈인사하셨다. 내가 오기를 애쓰시며 기다리신 것 같았다. 다시 외국으로 돌아가기 이틀 전에 어머니를 뵈러 갔을 때는 표정이 거의 없으셨다. 그다음 날 어머니가 돌아가셨다. 큰아들인 내게 어머니를 끝까지 모실 기회를 주시려고 애쓰신 것 같았다. 다행히 어머님의 상을 치르고 일주일 후에 해외로 갈 수 있었다. 어머니가 돌아가신 후에야 그 길고 길었던 순례의 길은 끝이 났다.

참으로 힘들고 긴 시간이었다. 아들들과 아내도 힘들었을 것이다. 그렇게 살면서 후회가 없었던 것은 아니었다. 다른 핵가족처럼 오순도순 여행도 가고 내 취미 생활도 하면서 살지 못한 것에 대해 안타까움도 있었다. 그런데 그 세월이 다 지나고 나니 이제는 자식들이 버젓한 직장에 다니면서 손자를 둘씩이나 한꺼번에 안겨주었다. 아직은 나도 건강하고 내 앞가림 할 수 있는 경제력이 있으니 다행이다. 자식들이 시키지 않아도 우리 부부에게 전화를 잘한다. 심지어는 외할머니와 고모에게도 안부 전화를 곧잘 하는 걸 보면, 내가 우리 부모님께 했던 것에 대한 보상을 받는 것 같아 흐뭇하다. 그러면서도 혹시 나처럼 '효자 콤플렉스'에 걸려 있는 건 아닌가 싶어서 바쁘면 오지 않아도 된다고는 하나 그래도 자식들이 온다고 하면 기다려지는 건 무슨 까닭인지……

창밖에서 까치가 운다. 큰애들이 도착할 시간이 되었나 보다.

음주 배 운전

    음주 운전 때문에 희생된 안타까운 뉴스를 자주 보게 된다. 피해자는 말할 것도 없고 그들의 가족까지 겪어야 할 고통이 얼마나 클까 생각하면 아찔해지곤 한다. 나도 그 희생자가 될 뻔했기 때문이다.

    15년쯤 전인데, 싱가포르에 화학 공장을 지어주는 일로 파견된 적이 있었다. 계약 기간 안에 공사를 완공하기 위해서 휴일인 데다 회사 창립 기념일에도 출근하게 되었다. 우리가 짓는 공장이 섬에 있기에 평일은 정기 여객선을 타고 다녔다. 그러나 공휴일이라 배편이 없어 우리는 '택시'라고 불리는 배를 불러서 갈 수밖에 없었다. 근무를 마치고 오후 7시경에 다시 배를 불러서 우리 팀 다섯 명과 다른 부서원 세 명이 탔다.

    그런데 배가 출발하자마자 운전하는 이가 술에 취해서 소리 지르며 횡설수설했다. 우리는 불안감에 휩싸였다. 속도도 빠르고 방향도 흔들거렸다. 3km 거리에는 인도네시아로 가는 뱃길이 십자로 만나는 구간이 있어 그러잖아도 위험한 곳인데 그날은 더욱 배가 흔들렸다. 두려움으로 잔뜩 긴장하고 있는데, 아니나 다를까. 5분쯤 지났을 때 '쿵' 하는 굉음과 함께 우리는 모두 넘어지고 뒹굴었다. 몇 사람은 머리에, 다른 사람은 몸과 다리를 크게 다쳤다. 나도 넓적다리에 심한 통증이 느껴졌지만, 배가 침몰될까 봐 통증을 누르며 정신 차려 보니 15m 이상 높이의 배 측면을 직각으로 받아 버렸다. 큰 배에서는 우리 배가 너무 작으니 받은 줄도 모르고 있다가 한참 후에 불빛을 우리 배 쪽으로 비추었다.

나는 이 밤에 어떻게 3km를 헤엄쳐 건너가나 하는 생각으로 앞이 캄캄하고 이렇게 타국에서 죽는구나 싶었다. 고국에서 나를 기다리고 있을 가족에게 말 한마디 못 하고 비명횡사한다 생각하니 숨이 턱턱 막혔다.

배 옆구리는 크게 파손됐지만 다행히 침수는 되지 않았다. 나는 술에 취하지 않은 승무원에게 '정신 차리고, 어떻게 하든 배를 몰라'고 소리 질렀다. 그는 사색이 되어 배를 몰았다. 그것을 지켜보는 우리도 초주검이 되었다.

구사일생으로 몇 분 후 부두에 도착한 우리는 승무원을 끌고 해안 경찰대로 갔다. 그들은 가는 도중에 '나중에 우리를 찾아가 죽이겠다'고 협박까지 했다. 내가 멱살을 잡고 흔드니 경찰이 말렸다. 경위서를 쓰고 조처 내용을 알려 달라며 경찰서에서 나온 우리는 병원으로 향했다.

악몽의 시간이 지난 후 우리는 '회사 창립 기념일마다 우리 때문에 직원들이 묵념할 뻔했다'고 농담은 하지만, 지금 생각해도 등골이 오싹하다.

훗날 배가 충돌할 때 헤엄쳐 나올 생각만 했지 왜 나는 배 안에 비치된 '구명복'을 생각하지 못했을까 해서 동료들에게 물어보니 그들도 정신이 혼미해서 그때는 아무 생각도 못 했다고 했다.

흔히 '호랑이에게 물려가도 정신만 차리면 된다'고 하지만, 그것도 반복된 훈련과 연결돼야 한다는 걸 깨달았다. 오늘도 뉴스에서는 음주 운전으로 희생당한 피해자와 가족의 처절한 고통이 나온다. 정신 바싹 차리고 살아도 사고가 벌어지는데, 음주 운전이라니……. 나는 술을 좋아하는 편이긴 해도 절대 음주 운전은 하지 않는다. 또한 신께 감사드리며 다짐한다. '타국에서 벌어진 음주 배 운전 사고에서 살려주신 분이니 반드시 그분이 기뻐할 수 있는 삶을 살아야 한다고…….'

『수필』

오 서 진

한마디

존재의 가치는 사라진 후에 더 크게 알게 된다.
뿌리는 기억을 땅속으로 뻗고. 남편의 도전은 세상 속으로 발
을 뻗는다.
붉은 노을이 저녁 속으로 흘러든다.

약 력

- 《한국수필》(2020) 등단
- 한국문인협회 회원, 한국수필가협회 회원, 참좋은문학회 회원

나무의 저녁 외1편

아파트가 준공되었을 때 심었을 테니 나무들의 나이는 오십여 살을 훌쩍 넘었을 것이다. 나이테나 커다란 품을 보면 그 서너 배도 넘지 싶다. 낡고 허름한 아파트 사이의 공간을 수령이 오래된 나무들이 채우면서 이곳은 숲속 전원주택 같은 느낌이 든다. 큰 나무들은 그 자태만으로도 기품이 있다. 한 자리에 뿌리를 깊게 내리고 사람들에게 그늘을 내어 주며, 새들을 깃들게 하는 나무의 넉넉한 품이 부럽기만 하다. 숲속 외진 구석 나무 아래 내 쉼터도 있다. 마음이 들끓거나 생각이 복잡할 땐 이곳에 들러 숨을 쉬곤 한다. 나무의 처방은 단순하다. 함부로 생각에 끼어들지 않고, 스스로 판단하고 결정짓도록 기다리는 것. 사람들 말속에 끼어들어 확정하고 단정(斷定) 짓는 습관이 있는 나와 다른 모습이다. 가끔 나무의 묵언을 따라 삿된 마음과 욕심을 내려놓고 고요해진다.

이곳에 발을 디딜 무렵, 삶이 크게 흔들리고 있었다. 휴식이 필요한 시기였지만, 학업이 남은 아이들과 공황 장애를 앓고 있는 남편으로 인해 무겁게 가라앉았다. 퇴직을 꿈꾸며 작성해 놓은 버킷리스트를 접고 허겁지겁 일을 다시 시작해야 했다. 절박한 상황에서의 급한 선택은 실패했고, 새로운 사업은 생활에 보탬은커녕 큰 경제적 타격을 가져왔다. 실패로 인한 정신적 피로는 우울과 불안 장애를 견디다 병이 되었다. 게다가 위기 때마다 남편은 나보다 먼저 앓아눕는 것으로 절망을 보탰다. 문제가 생기니 무엇을 해도 삐걱거리고 뒤틀렸다. 말은 거칠고 날카로웠으며, 있는 힘을 다해 상처를 주고 책임을 떠넘기기 바빴다. 원망과 비방이 불처럼 번졌다. 가슴에 옮겨붙은 불은 '심신불교증'이라는 희소병을 얻고서야 사그라들었다.

아파트단지 안으로 들어서는데 굴삭기의 굉음이 진동한다. 그 파장이 바닥에서 몸으로 전해져 전율이 인다. 집 근처에 닿아서야 충격적인 장면을 보게 되었다. 힘들 때마다 달려가 눕고 기대던 커다란 나무를 굴삭기가 뒤집고 있었다. 나무는 이미 밑동이 잘린 채 쓰러져 있었고, 굴삭기 발톱에 끼인 뿌리는 흙을 움켜쥔 채 사력을 다해 버티는 중이었다. 큰 나무만큼이나 뿌리도 거대해서 주변의 땅들이 이리저리 금이 가고 있었다. 버티다 못해 찢어지는 뿌리들이 핏기 없는 허연 다리처럼 보였다. 나무도 두려움과 공포를 느끼는 듯했다. 공황 장애를 앓던 시기의 남편의 다리도 저랬다. 아침에 일어나면 남편의 다리부터 살피는 게 일이었다. 울퉁불퉁 튀어나온 핏줄이 거머리처럼 보였다. 다리가 사람의 뿌리라고 여겼기에 어떻게든 일으켜 세워야 했다. 휘청거리며 출근하는 남편은 뒤에 비친 그림자조차 무거워 보였다. 그런 모습을 볼 때마다 죄를 짓는 것 같았지만, 삶이 송두리째 뽑히지 않기 위해서는 독해져야만 했다. 몸통이 잘려 나간 후에도 끝까지 흙을 움켜쥐고 버티는 뿌리를 보며, 가족을 지키기 위해 끝까지 견뎌내던 남편의 모습이 뿌리에 있었다.

오후 내내 주위를 흔들어대던 굴삭기 소리가 멈췄다. 창문을 여니 하늘이 훤히 들어온다. 초등학교 운동장에 깔깔대며 뛰노는 아이들의 모습도 보인다. 앞 동 아파트 모서리에는 구름이 찢겨 바동거리고 있다. 그동안 큰 나무에 가려 보이지 않았던 풍경이다. 저물어 가던 나무의 생이 한 폭의 그림으로 돌아온 느낌이다. 사라진 나무를 대신할 수는 없지만 애써 긍정의 마음을 가져본다.

아파트 단지가 워낙 커서 입주민이 많다. 자연히 주차 공간이 부족해 차들을 이중 삼중으로 세울 수밖에 없다. 그러다 보니 주차로 인한 민원이 끊이지 않아 이웃 간의 갈등이 심해지고 있었다. 뉴스에서 보았던 험한 일들이 이곳에서 일어날 것만 같았다. 경비 아저씨들은 이중 주차된 차를 이동시키기 바빴고, 차를 빼달라는 방송이 수시로 울렸다. 주변에 여분의 땅이 없었으므로 나무의 희생은 불가피한 일이었을 거다. 나무가 사라지고 나니 오래된 아파트의 칙칙함이 고스란히 드러난다. 존재의 가치는 사라진 후에 더 크게 알게 되는 것 같다.

퇴직한 남편이 일 년의 휴식기를 마치고 다시 일을 찾기 시작했다. 이곳저곳에 이력서를 제출하고, 청탁도 해보는데 쉽지 않은 모양이다. 자기소개서에 남편의 삶이 고스란히 드러난다. 다양한 자격증과 경력들이 성실함을 증명하듯 빽빽하게 칸을 채우고 있다. 밤늦게까지 불을 끄지 못했던 이유였다. 유망직종의 자격증들도 나이 제한의 큰 벽을 넘기엔 쉽지 않다. 면접을 보느라 부지런히 발품을 팔아 보지만 취업 소식은 감감하다. 어느 곳이든 써주기만 하면 열심히 해보겠다며 몸을 바짝 낮추고 마음을 비우는데, 그동안 보지 못했던 모습이라 낯설기도 하다. 저물어 가는 남편에게 겸손의 저녁이 들고 있다.

낮에 파헤쳐진 흙더미 위에 놓인 뿌리들은 아직도 숨을 놓지 않았는지 달싹달싹 움직임이 느껴진다. 움푹 파인 구덩이 안으로 시나브로 걸어 들어갈 것만 같다. 뿌리는 기억을 땅속으로 뻗고, 남편의 도전은 세상 속으로 발을 뻗는다. 붉은 노을이 저녁 속으로 흘러든다.

무용한 선물

    제법 유명하다는 떡을 주문해 선물을 보냈다. 며칠 있으면 다가올 그녀 생일에 케이크 대신 보낸 것이다. 저녁 무렵 그녀로부터 전화가 왔다. 잔뜩 마땅치 않은 어투였다. "네가 떡 보냈지? 양도 많고, 달기도 하고…… 우리 입맛과 전혀 안 맞아." 해서는 안 될 일을 하고 야단맞는 기분이었다. 다 못 먹겠으면 나눠 먹자는 내 인사조의 말에 그녀는 기다렸다는 듯 반을 나눠 가져가라고 했다. 정말 마음에 안 들었던 모양이다. 다음날 절반 남짓의 떡이 내게 돌아왔다. 꽤 입소문이 난 떡이었고, 그녀의 남편이 떡을 좋아하니 괜찮은 선물이 될 거라 생각했는데…… 예상 밖의 반응에 무안하면서도 한편 섭섭했다.

    전화를 받기 한 시간 전쯤, 잘못 보낸 선물로 인해 난감한 상황을 맡게 된 지인을 두고 이러쿵저러쿵 단정지어 말했던 걸 후회했다. 공교롭게도 벌을 받듯 내 상황이 되고 말았다. 그녀가 코로나로 격리 상태에 놓였을 때 보낸 모바일 쿠폰도, 자기 동네에는 그런 피자 가게가 없다며 반송을 해왔었다. 상황을 파악하는 눈치가 없는 건지, 선물을 고르는 센스가 부족한 건지 생각이 복잡했다. 이쯤 되니 선물이 아니라 마음을 거부당한 것 같아 상당히 불쾌하기까지 했다. 서로 청탁을 해야 하는 관계도 아니고 선물을 주고받는 일이 왜 이리 복잡한 걸까.

    이렇다 보니 선물할 일이 생길 때마다 고민하게 된다. 선물이란 게 본인이 아닌 이상 적재적소 꼭 필요한 게 무엇인지 알 수도 없고, 물어본다고 솔직하게 대답해 줄 사람도 없다. 다행히 주는 쪽과 받는 쪽의 마음이 일치하면 좋겠지만 그러지 않고서는 늘 반쪽짜리 만족일 수밖에 없다. 이런 번거로움 때문에 현금 선물이 등장했을까? 마음에 들고 안 들고 걱정할 필요도 없고, 받는 사람은 필요한 것을 사서 쓸 수 있으니 효용 가치로 보면 이보다 더 좋을 수는 없을 것이다. 그렇다고 누구에게나 현금을 내밀 수 있는 일은 아니니 이 또한 어려움이 따른다. 아이러니하게도 가깝고 잘 아는 사이일수록 현금을 많이 주고받게 된다고 한다. 가까운 관계가 가장 실용적인 사이로 계산되는 것 같아, 어쩐지 정 없고 운치 없어 보여 씁쓸하다.

딸아이 방을 정리하다 뜻밖의 물건을 보게 되었다. 맨들맨들한 마네킹 머리였다. 미용하는 아이도 아니고, 친구 중에 미용하는 사람도 없어 웬 거냐고 물었더니, '무용한 선물 나누기'를 한다고 했다.

1만 원 이하의 가격으로 가장 불필요한 물건을 사서 선물하는 것. 대신, 모두에게 가장 큰 웃음을 주는 것이 '최고의 선물'로 당첨된다는 것이다. 신선한 발상으로 선물의 의미가 재탄생 되는 것 같아 마네킹 머리를 쓰다듬다 저절로 웃음이 나왔다. 선물의 목적은 한 가지일 것이다. 순간이겠지만 받는 사람에게 기쁨과 행복을 느끼게 해주고 싶은 것. 가볍게 나누면서 즐거움을 함께 누리는 것이야말로 특별한 선물이 아닐까 싶다. 이곳저곳 살펴보니 그동안 받아 놓은 선물들이 상자 속에 가득하다. 그 선물을 받을 때마다 빵 빵 터졌을 웃음소리도 함께 들리는 듯하다. 무용한 선물을 준비했다지만 물건을 볼 때마다 그때의 추억이 함께 떠오를 테니 결코 무용한 선물이 아닌 거다.

초등학교 입학 시즌에 맞춰 가방을 선물했다. 얼굴 가득 웃음을 담고 사는 아이여서 보기만 해도 마음이 저절로 갔다. 그런 아이의 새로운 시작에 동참하고 싶었다. 내가 사준 가방을 메고 학교 안으로 뛰어가는 모습을 상상하는 것만으로도, 자주 웃게 될 것이다. 그렇다. 선물은 받는 사람보다 주는 사람 쪽 행복이 훨씬 크게 보장된다. 선물을 준비하는 과정에서 들뜨는 감정은 주는 사람에게만 있기 때문이다. 선물이 반송되어 온들 과정까지 반송되는 것은 아니니 챙겨 주고자 했던 첫 마음만 기억하면 된다.

가방 선물을 받은 아이가 감사한 마음을 담아 동영상을 보내왔다. 보고 또 보면서 행복해진다. 이번엔 아이가 나에게 선물을 한 것이다. 그것이 자의든 타의든 마음을 촉촉하게 적셔준다. 오래도록 마르지 않을 것 같다. 이번 선물은 두 사람 모두에게 아주 유용한 선물이 된 것 같아 흐뭇하다.

박 효 숙

한마디

이제 큰 언니인 내 차례다. 나를 위해 늘 주저 없이 희생하는 동생들이 고맙다. 웃음 뒤끝이라 자연스러운 표정이 얼굴에 담겼다. 팔자주름도 잠시 사라졌다.

약 력

- 《한국수필》(2020) 등단
- 한국수필가협회 회원, 참좋은문학회 회원, 오화수 회원

몰아주기 외 1편

    나이 들면서 하기 싫어지는 게 있다. 바로 사진 찍히기다. 이삼십 년 전까지만 해도 알아서 맨 앞 줄 귀퉁이에 섰다. 여러 사람과 찍을 때 중간에 서면 작은 키로 내가 있는 곳은 마치 골짜기처럼 움푹 꺼진 게 싫었다. 사진 찍을 때마다 눈치껏 설 자리도 정해야 하니 이래저래 싫은 거다. 게다가 사십 대부터는 사진 속 얼굴이 낯설다. 기분 좋다고 헤벌쭉 입을 벌리면 양 볼에 골이 파여 다른 사람 같다. 그렇다고 입을 다물면 심통이 난 표정이다. 얼굴도 몸에 붙는 살처럼 굴곡지게 만들어지나 보다. 또한 사진 속 그녀는 실제보다 훨씬 나이 들어 보였다.

    예전처럼 사진으로 현상하지 않는 게 천만다행이다. 내 얼굴이 있는 사진은 사정없이 삭제 기능을 하니 스마트폰의 활용 가치가 높다. 또한 선글라스를 끼어 최대한 눈가 주름을 감춘다. 다수의 단체 사진은 작은 키임에도 주저 없이 맨 뒤에 선다. 앞이 모두 가려져 부담이 줄기 때문이다.

    캠퍼스가 예쁜 여고를 다녔다. 학교에는 사진사 아저씨가 있었다. 까만 교복을 입고 계단 한 칸씩 올라서서 나란히 서서 찍고, 눈 쌓인 잔디밭에서도 찍었다. 여름에는 하얀 상의에 검정 치마를 입고 화려한 장미 앞, 노천극장, 돌담 옆에서 포즈를 취했다. 이삼일 후 아저씨는 이렇게 찍은 사진을 우리가 주로 다니는 매점 앞에 좍 펼쳐 놓았다. 나와 친구들 사진이 있으면 각자 모두 골라 개수를 확인하고 찾아왔다. 다 잘 나올 수 없겠지만 한 장이라도 찾지 않는다는 것은 상상도 못 할 일이었다. 잘 나오든 못

나오든 찾지 않는다면 나를 버린다는 느낌이었다. 그리고 늘 진열되어 있으니 창피한 일이었다. 쉬는 시간에 사진 속 친구들이 한적한 곳에 모였다. 찾아온 사진을 보며 못다 한 이야기를 하다 보니 아무도 수업 종소리를 듣지 못했다.

요즈음은 단체 사진보다는 독사진을 찍어 SNS에 올리기에 호기심에 셀카를 눌렀다. 누가 볼세라, 마치 못된 짓 하다가 들킨 사람처럼 얼굴이 벌게져서 지운 적이 있다. 거기에는 중년을 한참 지난 고집스러워 보이는 초로의 여인이 있었다. 놀란 토끼 눈으로 눈과 입에 힘을 팍 주고 정면을 노려본 사진이다. 얼굴은 얼마나 크던지 팔의 길이를 가늠할 수 있었다. 앞으로 '단독 셀카'는 절대 없다고 순간 결심하였다.

다섯 자매가 만났다. 오늘은 사진을 찍자고 한다. 내가 제일 싫어하는 거니 젊은 너희나 실컷 하라고 한발 물러앉았다. 그렇다면 재미있는 사진을 찍자고 한다. 몰아주기란다. 한 명만 제대로 찍고 나머지는 표정을 지을 수 있을 만큼 찌푸리란다. 온전하게 찍은 한 명만 최대한 돋보이도록, 네 명은 할 수 있는 한 망가지라는 주문이다. 내게는 어렵지 않은 일인 듯싶다. 지금 모습에서 조금만 더 어색하게 지으면 될 것 같았다. 혀를 내밀고 눈은 거슴츠레 뜨고 양손으로 양 뺨을 사정없이 눌렀다. '뭉크'의 〈절규〉보다 더한 모습이다. 한번 찍고 같이 보고 웃으며 동생들의 재미있는 모습은 흉내 냈다. 돌아가면서 몰아주기를 하였다. 찍을 때마다 이 세상에 하나밖에 없는 표정을 짓기 위하여 몰두하였다. 몰아주기 주인공을 몸 바쳐 살려야 하는 의무가 내게만 있는 양 필사적으로 얼굴을 만들었다. 이제 큰 언니인 내 차례다. 나를 위해 늘 주저 없이 희생하는 동생들이 고맙다. 웃음 뒤끝이라 자연스러운 표정이 얼굴에 담겼다. 팔자주름도 잠시 사라졌다. 이런 사진은 앞으로 얼마든지 즐겨 찍을 테다.

반성문

〈박수근: 봄을 기다리는 나목(裸木)〉이라는 미술 전시회에 갔다. 소한이 지난 토요일, 기세가 꺾일 줄 모르는 코로나19로 몸과 마음은 낮았지만 모처럼 문화생활을 즐긴다는 것에 기분은 한껏 들떴다. 덕수궁으로 가는 시청로에는 시위대로 왁자지껄하다. 길 양편에는 기다란 플래카드를 펼치고 확성기를 틀어 각각의 주장을 펼친다. 백신 접종 반대 시위, 최근에 사면된 전직 대통령 환영 및 처벌을 요구하는 고성으로 어지럽다. 또 노동조합 시위도 한창이다. 예상하지 못한 풍경으로 모처럼 나온 서울 중심은 더 을씨년스럽다. 그러나 고궁 안에 들어서니 다른 세상이다. 고개만 들지 않는다면 고즈넉하니 산속에 있는 듯하다. 회고전이 열리는 국립현대미술관 입구는 방역 패스로 줄이 길다.

내부로 들어오니 마치 영화관인 듯 앞뒤 분간이 가지 않는다. 어두컴컴하다. 반면에 벽은 은은한 조명을 받으며 탁한 분칠사기 기법으로 표현된 작품이 전시되어 있다. 교과서에서나 봤던 진품이 눈앞에 있으니 마치 오래전부터 그리워했던 누군가를 만난 듯 가슴이 뛴다. 거친 나무, 아기 업은 여인, 머리에 뭔가를 인 여인 등 낯이 익은 그림이다. 작가는 1914년 강원도 양구에서 태어나 초등학교만 졸업하고 미술 교육은 전무하다. 독학으로 공부하여 거의 매년 미술 전람회(국전)에 출품하여 수상한다. 드디어 1965년, 미국 전시를 앞둔 51세에 타계하기까지의 작품이다.

미술에 문외한인 내가 달리 감상할 실력은 못 되나 소도구들을 그린 작품에 눈길이 간다. 〈화구〉와 〈그림 재료들〉이라는 제목이다. 수채화용 물감과 붓 두 자루는 화구 그림이고, 스케치용 연필 네 자루, 귀퉁이가 닳은 지우개, 짜다만 튜브형 물감은 그림 재료들 소재다. 갑자기 화가가 부러웠다. 그들은 사방에 널린 것들을 그리기만 하면 작품이 되는 것이 아닐까 라며 슬며시 웃어 봤다. 근처에 있는 물건들이 다 작품 소재가 되니 작가보다 쉽게 구할 수 있어 좋겠다는 생각도 해봤다. 나는 가까이 있는 노트북을 보고 쓸 수가 있나, 읽다가 만 책이 글거리가 될 수 있나. 나 같은 애송이는 소재를 얻기 위해 고민을 하고, 어렵게 글감이 생겨도 2천여 글자를 나열하려면 여러 날 진이 빠진다. 아니, 한계를 느껴 의기소침해진다. 깜냥도 안 되는데 글을 쓰겠다고 어울리지 않는 세계에 겁도 없이 발을 담갔다고 자책한다. 그러니 잠시 본 화가의 소재가 얼마나 부러웠겠는가.

작품을 자세히 보니 연필 네 자루의 심 굵기가 모두 다르다. 스케치를 바탕으로 한 그림에는 아마 두께가 다른 연필심을 사용했을 것 같다. 다양한 감정을 표현하고자 할 때 굵기가 다른 네 자루의 연필을 각기 사용하지 않았을까. 그 차이가 느낌을 다르게 표현할 수 있으므로 신중을 기해 연필을 선택한 듯싶다. 그분도 한 번에 작품이 이루어졌겠나. 수없이 많은 폐기와 덧칠이 명화를 만들었을 것 같다. 화가의 탁한 기법은 전쟁이 끝난 뒤 모든 물자가 부족한 가운데 미술 재료들을 아끼기 위해 만들어 낸 독창적인 화법이라고 한다. 저 기법이 나오기까지 얼마나 많은 시행착오가 있었을까. 노트북에 쳤다가 쓱싹 지우는 나와 비교된다. 화가가 끊임없는 붓질과 세심한 관찰을 하는 것처럼 나는 과연 글쓰기에 얼마나 공을 들였을까. 타고난 재주도 없으면서 한없이 게으른 나를 돌아보게 하는 그림이다. 부러워했다가 이내 반성문이 되고 말았다. 〈봄을 기다리는

나목〉이라는 전시회 제목처럼 올봄 희망을 품을 수 있는 글을 그려보고
싶다.

『수필』

한마디

나는 어제도 몇 번이나 불곰으로 돌변해 사나운 이빨을 드러내고, 뾰족한 발톱을 치켜세우며 으르렁거렸을까 헤아려 본다.
오늘의 반성이 부끄럽지 않도록 내일은 잘 견뎌 봐야겠다.
천천히 초원을 누비며 풀을 뜯는 순한 양이 사나운 불곰을 밀어내고 있다.

약 력

- 《한국수필》(2021) 등단
- 중랑문학 신인상 수필 부문 최우수상(2020)
- 참좋은문학회 회원, 오화수 회원

불곰을 밀어낸 양 외 1편

    우리 집에는 원숭이 둘과 양 하나가 산다. 겨우 세 식구 사는 집이 하루도 조용할 날이 없다. 새끼원숭이는 이른 아침부터 잠들기 전까지 잠시도 쉬지 않고 떠들며 온 집안을 뒤집고 다닌다. 웃었다 울었다, 큰소리를 치다가도 어느새 초롱초롱한 눈빛을 발사하며 애교를 부리기도 한다. 나머지 원숭이 하나와 양은 살갑게 잘 지내다가도 언제 그랬냐는 듯 종종 심상치 않은 분위기를 연출한다. 원숭이와 양의 싸움이 벌어지면 새끼 원숭이는 자기에게 불똥이라도 튀는 건 아닌가 싶어 눈치를 보며 슬금슬금 자리를 피한다. 그러다 그 둘의 분위기가 험악해지면 눈물을 뚝뚝 흘리며 양의 품에 달려들어 자신의 온기로 집 안의 차가운 공기를 달랜다.

    코로나19로 외출이 꺼려지면서 종일 집 안에서 시간을 보내는 날들이 이어지고 있다. 즐겨하지도 않고, 타고 나지도 못한 요리 실력 때문에 남편과 아이의 삼시 세끼를 챙기는 일은 나에게 고역이었다. 더구나 집안일이라고는 사소한 것 하나 스스로 하지 않는 남편은 함께 있어 봐야 챙겨야 할 아들이 하나 더 불어난 정도다.

    끝날 듯 끝이 나지 않는 지긋지긋한 전염병 앞에서 기대와 실망을 여러 번 되풀이 하며 2년이 넘는 시간이 흘렀다. 스트레스와 내 몸 이곳저곳의 살집이 함께 차오른 건 한참 전 일이다. 세 번째 가족 여행이 무산되었고 아무리 조심하고 또 조심해도 좀처럼 사그라지지 않는 전염병에 더는 버티기가 힘들었다. 주말에도 마음껏 쉴 수 없는 남편에게는 미안하지만, 바닷바람이라도 쐬어야 숨통이 트일 거 같다며 당일치기 여행을 제안했다. 평소라면 길이 막힌다는 둥, 피곤하다는 둥 핑계를 대며 꽁무니를 빼는 그도 요즈음 나의 심상치 않은 상태를 파악하고는 순순히 응했다.

토요일 이른 아침부터 달걀을 삶고, 가래떡을 구웠다. 아이의 끼니와 간식을 챙기느라 정신없는 내 옆에서 남편은 원두를 갈아 커피를 내렸다. 아이의 모래놀이 장난감을 트렁크에 싣고 우리는 출발했다. 창밖 풍경을 즐기다 금세 지루해져 몸을 비틀고 싫은 소리를 하는 아이를 달래며 세 시간을 달려 강릉에 도착했다. 오랜만에 찾은 바닷가이니 실컷 즐기라고 선심을 쓰듯 그 어느 때보다 바다는 푸르고 하늘은 빛났다. 이렇게 좋은 걸 얼마 만에 보는 건가 싶어 감격스럽기까지 했다. 남들은 잘도 다니는 걸 우리는 그동안 왜 그렇게까지 조심하고, 참았나 하는 얄궂은 마음마저 들었다. 모처럼 아이도 신이 났는지 열심히 모래를 퍼담고 조개껍데기를 주워 모았다.

차가운 바닷바람과 따뜻한 햇볕에 막 취하려는데 조금 전까지 신나게 뛰어놀던 아이가 재미없다고 집에 가자며 보채기 시작했다. 남편과 나는 이것저것 제안하며 아이의 마음을 돌려 보려 해보았지만, 소용이 없었다. 우리는 그렇게 다시 3시간을 달려 집으로 돌아왔다. 왕복 여섯 시간을 투자해 다녀온 바다에서 고작 한 시간 남짓 머물다 오니 그 시간이 더없이 달콤하고 아쉬웠다.

아이와 함께 보았던 그림책 『불곰에게 잡혀간 우리 아빠』에는 회사일, 집안일에 지쳐 스트레스를 받고 화가 난 엄마가 불곰으로 변하는 장면이 나온다. 아이와 아빠는 그런 불곰을 피해 달아나듯 학교로, 회사로 간다. 책을 읽으며 불곰으로 변한 엄마의 모습을 리얼하게 연기하자 아이가 숨이 넘어갈 듯 웃는다. 과연 나는 하루에 몇 번이나 불곰으로 변신할까 뜨끔한 마음을 삼키고 책 내용처럼 우리도 가족 소개를 시로 써보기로 했다. 이마를 짚고 한참을 고민하던 아이가 삐뚤삐뚤 글씨로 가족 시를 완성했다.

> 엄마는 좋아, 놀 시간을 많이 주고, 밥을 해줘서 좋아
>
> 아빠는 좋아 나를 사랑해줘시 좋아
>
> 우리 가족 다 좋아 서로 사랑해서 좋아

좋아하는 장난감을 사줘서, 멋진 옷을 사줘서, 그림 같은 풍경이 펼쳐진 바닷가를 찾아서 좋은 것이 아니라 그냥 '서로 사랑해서 좋아'란다.

세상에서 가장 소중하고 사랑하는 두 사람 앞에서 나는 어제도 몇 번이나 불곰으로 돌변해 사나운 이빨을 드러내고, 뾰족한 발톱을 치켜세우며 으르렁거렸을까 헤아려 본다. 오늘의 반성이 부끄럽지 않도록 내일은 잘 견뎌봐야겠다.

천천히 초원을 누비며 풀을 뜯는 순한 양이 사나운 불곰을 밀어내고 있다.

서진아! 미안해

　뉴스 속 엄마들이 무릎을 꿇고 두 손을 모아 빌며 울고 있었다. 카메라는 자신들이 사는 지역의 장애아 특수학교 건립을 반대하는 이들과 장애아를 키우는 엄마들 그리고 그 사이에서 난감해 하는 지자체 관계자들의 모습을 번갈아 가며 보여 주고 있었다. 자신들도 자식을 낳고 키워 봤을 텐데 저렇게까지 반대를 해야 하나 싶어 마음이 답답해 연신 한숨을 내뱉었다. 내 옆에서는 두 살 된 아들이 새근새근 잠을 자고 있었다.

　신경섬유종증은 온몸에 갈색 반점을 시작으로 신체 곳곳 신경이 있는 어디라도 자리를 잡아 크고 작은 혹을 만들어 낸다. 그것으로 부족해 몸 속 신경에도 힘을 뻗쳐 걷기를 불편하게 하고 눈, 뇌 쪽에 문제를 일으켜 치명타를 주기도 한다. 나는 불행 중 다행으로 반점과 피부에 종양을 만들어 내는 것만으로 소리 없는 전쟁을 치르며 대치 중이다. 하지만 여러 가지 증상 중 가장 두려운 것은 이 병이 유전 확률 50%라는 강력한 힘을 가졌다는 것이다.

　결혼과 출산은 꿈도 꾸지 않고 살던 나는 지금의 남편을 만나 출산이라는 욕심까지 현실로 밀어붙였다. 임신을 준비하며 서울의 모 대학 병원 유전학센터에서 아이에게 병을 물려주지 않고 임신할 방법을 찾았지만, 나의 경우 유전자 검사를 통해 임신 전 유전 유·무를 확인할 수 없다는 진단을 받았다. 하지만 아이를 갖겠다는 마음은 시련 앞에서 돌덩어리처럼 더 단단해져 갔다. 여러 날, 고민 끝에 아픈 아이여도 감사히 받아들이고, 건강하고 밝은 사람으로 키우자고 다짐했다. 한 번의 유산 끝에 태어난 아이는 그래서 더 귀했고, 다행히 나의 영향을 받지 않아 건강했다.

전 세계를 공포로 뒤덮은 코로나19가 시작되면서 집 밖을 나서는 것도 두려워 종일 집 안에서 시간을 보냈다. 아이의 세 끼를 챙기고, 놀고 자며 24시간을 붙어 있었다. 얼마 지나지 않아 체력이 고갈되고 짜증을 내는 일들이 늘어나면서 급기야 아이가 놀라 울 때까지 소리를 지르기도 했다. 마음껏 잠을 잘 수도, 밥을 챙겨 먹을 수 없어 그렇겠지만 아무래도 몸 상태가 심상치 않았다. 그리고 예상치 못한 두 번째 아이가 찾아왔다. 입덧이 심해 먹기가 힘들었고, 시도 때도 없이 졸음이 쏟아져 하루하루가 괴로웠다. 무엇보다 힘든 점은 새 생명이 찾아왔다는 반가움보다 걱정과 우려가 앞선다는 것이었다. 아픈 아이가 태어나고, 세월이 흘러 우리 부부가 세상에 없을 때 큰아이 어깨에 지워질 짐이 얼마나 크고 부담스러울까 하는 생각에 몸과 마음이 무겁고 힘겨운 날들이 이어지고 있었다.

코로나도 입덧도 잦아들 기미가 보이지 않던 어느 날 저녁 배가 살짝 아팠다. 아이를 남편에게 부탁하고 침대에 누웠다. 그날 밤 나는 오랜만에 단잠을 잤다. 그리고 다음 날 신기하게도 입덧이 사라져 아침밥도 든든히 챙겨 먹었다. 며칠 후 정기검진 날 병원을 찾았다. 초음파 검사를 위해 마주한 의사는 짧은 숨을 토해내며 조심스럽게 말을 꺼냈다. 아이의 심장이 뛰지 않는다며 상태로 봐서는 유산이 된 지 오래 지나지 않은 것 같다고 했다. 그날 밤이었나보다. 오랜만에 단잠을 자고 배부르게 밥을 잘 챙겨 먹은 그날 아이가 나를 떠났나보다.

의사는 내 잘못이 아니라며 위로를 건넸지만, 자신을 반가워하지 않는 엄마가 미워 떠나버린 것 같아 마음이 쉽사리 추슬러지지 않았다. 며칠을 앓고 나서야 겨우 자리를 털고 일어날 수 있었다. 나는 다시 아이의 밥을 챙기고, 함께 웃고 떠들며 하루를 보냈다.

서진학교 건립을 위해 무릎을 꿇고 눈물로 호소하던 엄마들, 학교 건립을 반대하며 고성을 질러대던 이들은 지금 그 누구보다 돈독하고 정다운 이웃이 되었다. 화면 속의 그들은 서진학교 아이들의 즐겁고 행복한 학교 생활을 바라면서 손을 모아 꽃을 심고 두 눈을 맞추며 웃고 있었다.

이 해 경

한마디

남에게 청탁도 절대 받지 않는 꼬장꼬장한 남편의 강직하고 바른 딸깍발이 정신을 배우고자 한다.

약 력

- 중랑신춘문예 수필 우수상(2019)
- 중랑독후감경진대회 최우수상(2019)
- 국세청 가족사랑문예전 수필 우수상(2015)

딸깍발이 정신

'딸깍발이'라는 것은 일상적으로 신을 신발이 없이 맑은 날에도 나막신을 신는다는 뜻으로, 가난한 선비를 낮잡아 이르는 말로 쓰인다. 나막신 굽이 굳은 땅에 부쳐서 딸깍딸깍 소리가 났기 때문에 '딸깍발이'라는 말이 생겨났다. 우리 집에도 검소하고 강직한 딸깍발이 선비가 살고 있다.

신랑은 매일 새벽 5시 30분이면 기상을 한다. 일어나서 오늘 할 일을 머릿속에 되새긴다. 항상 남들보다 일찍 직장에 나가서 업무시간 전까지 책을 본다. 직장에서 돌아와서는 육아를 도와주고, 저녁 8시가 되면 운동을 하고, 밤이면 반듯하게 앉아서 책을 본다. 책을 보다가 이해가 되지 않으면 열 번이고, 백 번이고 그 부분을 읽는다고 한다. 그러면 그 뜻이 저절로 통한다고 한다. 신랑의 하루는 흐트러짐이 전혀 없다.

신랑은 고지식하고 거짓이 없다. 언젠가 처음으로 신랑이 아침에 늦게 일어난 적이 있다. 나는 우연히 팀장님과 전화 통화하는 소리를 들은 적이 있다. "팀장님, 제가 아침에 늦게 일어나서 좀 늦을 것 같습니다."

솔직하게 말하는 그 모습을 보고 나는 깜짝 놀랐다. 나중에 물어보니 신랑은 지각해서 팀장님께 혼이 났다고 했다. 그리고 30분 지각을 하였기 때문에 업무 상황관리에서 30분 지각으로 결재를 올렸다고 한다. 신랑은 항상 그렇다. 딸깍발이 선비처럼 고지식하고 거짓 없고 융통성이 전혀 없다. 그런 신랑을 보면 답답할 때가 많다. 하지만 내가 2015년에 공무원에 임용되어 공직생활을 시작하면서 그런 딸깍발이 같은 우리 신랑을 이해하게 되었다.

〈목민심서〉'율기 6조' 제1조 칙궁(수령의 몸가짐)에 이런 구절이 있다. 〈정요(政要)〉에 이르기를 "벼슬살이하는 데에 석 자의 현묘한 비결이 있으니, 첫째는 청(淸)이고, 둘째는 신(愼)이고, 셋째는 근(勤)이다." 청(淸)은 청렴이다. 〈목민심서〉'율기 6조' 제2조 청심(淸心)에는 "청렴은 수령의 본무(本務)로서 모든 선의 원천이요 모든 덕의 뿌리이다. 청렴하지 않고서 목민관을 잘할 수 있는 자는 없다" 하였다.

우리 신랑은 청렴, 삼가는 마음, 근면함 중에서 특히 청렴을 강조한다.

공직사회 기강 확립을 위해 2015년 3월 27일에 '부정 청탁 및 금품 등 수수 금지에 관한 법률'(김영란법)이 시행되었다. 이 법이 시행되기 전부터 우리 신랑은 정말 꼬장꼬장할 정도로 공직자로서의 깨끗함을 강조하였다.

2013년 신랑과 결혼식을 올리고 첫 추석을 맞았을 때이다. 추석 연휴쯤에 우리 집에 택배가 많이 왔다. 나는 아무 생각 없이 택배를 바로 뜯어보니 한우며, 과일이며 떡이 잔뜩 있었다. 궁금해서 뜯어본 택배였지만 그날 나는 남편에게 엄청 혼이 났다.

"어떻게 택배를 그렇게 뜯어볼 수가 있니? 이것 다 청탁 뇌물이야. 다시 돌려줘야 하니까 원상태로 해놔."

나는 하는 수 없이 다시 테이프로 택배를 돌돌 말아서 원상태로 돌려놓고 다시 택배를 되돌려 보내는 수고를 하였다.

그 당시, 우리 신랑은 서울지방국세청에서 조사관으로 일을 하고 있어서 청탁이 종종 들어왔다. 하지만 공직자이기 때문에 이런 뇌물을 절대 받아서는 안 된다며 김영란법이 시행되기 전인데도 남편은 강직한 선비의식을 가지고 나를 나무랐다. 이제 내가 공직자가 되어 생각해보니 지난날에 한 행동이 창피하고 부끄러웠다.

내가 가장 존경하는 사람 중의 한 분이 정주영 회장님이다. 정주영 회장님은 세 켤레 구두로 30년을 버티신 근검절약을 몸소 실천하신 분이시다. 알뜰한 경영마인드로 성장하신 분이시기도 하다. 우리 신랑도 정주영 회장님까지는 아니지만 근검절약 정신이 투철하다. 사용하지 않는 방의 전등은 끄고, 옷도 몇 벌 없다. 구두는 결혼하고 한 번 정도 샀던 것 같다. 절약하는 습관이 몸에 배어 사치가 없고 낭비가 없다. 어린 자녀 또한 생활 속에서 남편을 보고 배워 일상 속에서 절약을 실천하고 있다.

신랑의 취미는 '병 줍기'이다. 신랑이 시간이 날 때면 운동 삼아 마을 한 바퀴를 돌면서 동네 청소를 해준다. 슈퍼 아저씨는 우리 신랑 덕분에 빈 병 하나 굴러다니지 않고 동네가 깨끗해졌다고 한다. 신랑은 사람들이 벤치에 앉아서 담배를 피우고 버린 담뱃재가 담긴 빈 병과 참기름이 담긴 병을 주워 와서 나보고 깨끗이 씻으라고 한다. 나는 귀찮아서 "왜 이렇게 병을 가져와."라고 대꾸한 적 있다.

그러면 신랑은 "병도 줍고, 돈도 벌고, 마을도 깨끗해지면 다 좋잖아. 이 병 모아서 애들 적금도 붓고 있는걸. 난 내가 힘들게 번 돈으로 정기예금을 넣어서 훗날 아이들에게 주고 싶단 말이야."

그러면서 아이들 적금 통장을 내게 보여주는 것이었다. 나는 이런 생활을 자족하면서 행복을 느끼는 남편의 모습이 훌륭해 보여서 모아온 병을 깨끗하게 씻어주기로 마음을 먹었다. 이런 남편의 모습이 청렴한 생활이 아닐까.

현대인들은 자기중심적이다. 이타주의보다는 개인주의에 가까운 삶을 살고 있다. 현대인들은 마음이 꽁꽁 얼어서 그런지 무엇이 진실인지 거짓인지 알려고 하는 마음 또한 적다. 아마 누구나 우리는 낯선 사람 앞에서는 살을 떨지 모른다. 타인과 악수를 하는 동안에도 고개 숙인 등의 털이

쭈뼛쭈뼛 서 있다. 우리는 계속 낯선 사람 앞에서 긴장을 늦추지 못한다. 하지만 우리 집에 살고 있는 딸깍발이 선비님은 그렇지 않다. 마음이 꼿꼿하고 곧아서 낯선 사람을 만나도 살을 떨지 않고 기죽지 않는다. 진실이 없는 시대에 살기 때문에 신랑의 행동이 더 이상해 보일지 모른다. 남편은 직장에 10분 늦어도 지각을 올린다. 행실에 절대 거짓이 없다. 자녀들의 적금을 넣기 위해서 병을 주우려 다녔으면 다녔지 절대 청탁을 받지 않는다.

청렴이란 성품과 행실이 높고 맑으며, 탐욕이 없는 것을 말한다. 남을 위해서 병을 줍고 쓰레기를 주울 수 있는 마음이야말로 성품과 행실이 맑은 것이라고 생각한다. 남편은 남의 것을 탐하기보다는 자기 것을 아끼고 지키기 위해서 근검절약을 실천한 사람이다. 나는 이제 당장 눈앞에 보이는 이익을 취하기보다는 해서는 안 되는 일을 분간하여 남에게 청탁도 절대 받지 않는 꼬장꼬장한 남편의 강직하고 바른 딸깍발이 정신을 배우고자 한다.

『수필』

최 종 찬

한마디

농사를 짓는다는 것이 보통 일이 아님은 진작부터 알고는 있었지만 온몸으로 느끼며 생활하고 있다. 서울에서 직장을 다닐 때보다 더 일이 많다. 때론 서울 생활보다 더 힘들게 느껴지기도 한다. 그런데 힘들지만 재미있다. 자연과 함께하는 즐거움은 글로 다 표현할 수 없다.

약 력

• 중랑문학 신인상 수필 부문 우수상(2018)

만남 외 1편

첫 만남

라니와의 첫 만남은 작년 늦여름의 일이었다. 그녀의 동그란 눈동자 속에는 때이른 가을 낙엽이 가엾이 흩날리고 있었고, 가녀린 몸매와 다리에는 말라비틀어진 저녁 햇살이 애처로이 흘러내리고 있었다. 당시 나는 하늘을 향해 당당히 손을 뻗쳐가는 고구마순들에게 기특한 눈빛을 보내며 밭둑을 걸어가고 있었다. 그녀와 예상치 못한 조우를 한 것은 그때였다. 나도 그랬지만 그녀는 나보다 더 크게 당황했던 게 분명했다. 나를 보자마자 그녀는 쓰러질 듯 쓰러질 듯 휘청거리는 다리를 겨우 가누며 도망쳐 가버렸다. 전화번호라도 받아 두었더라면……. 아쉬움은 마음속 깊은 곳에서 보글보글 솟아오르고, 내 눈은 그녀가 사라진 쪽을 하염없이 바라보고 있을 따름이었다.

황망히 떠나갔던 그녀가 다시 나타난 것은 한 달여 후의 일이었다. 멀리서 그녀를 보았을 때 내 가슴속에서는 커다란 방망이가 요동치고 있었다. 나는 그녀를 향해서 뛰기 시작했다. 가벼운 인사말 정도는 나누고 싶었다. 그러나 쓸모없는 일이었다. 그녀는 멀리서 나를 보고는 반대 방향으로 뛰어가 버렸다. 허탈했다. 그녀의 애처로운 뒷모습만이 내 마음속에 남아 있을 뿐이었다. 무언가 할 말이 있어서 왔던 것은 아닐까? 그녀는 마음의 준비가 덜 되었는데 내가 무리하게 그녀에게 다가가려 했던 것은 아니었을까? 나의 성급함이 아쉬웠다. 이미 지나간 일이었다.

세 번째이자 마지막으로 라니를 만난 것은 작년 초겨울의 일이었다. 내가 키우는 개가 우리 밭 옆의 우거진 잡초 사이를 헤집고 들어갔다. 그리고는 무언가를 물고 있었다. 난 그곳에서 못 볼 것을 보고 말았다. 시신이었다. 라니의……. 그토록 기다리던 라니가 불귀의 객이 되어 잡초더미 사이에 널브러져 있는 것이었다. 충격이었다. 어떻게 이런 일이……. 라니의 사인이 무엇 때문인지, 왜 이곳에 와서 죽었는지 모든 게 오리무중이었다. 하지만 이를 따져볼 겨를이 없었다. 개를 쫓아버리고는 주변의 나무와 덤불, 흙들을 가져다가 정신없이 라니의 시신 위에 수북이 쌓아놓았다. 말 한마디 서로 나누진 못했지만, 그녀에 대한 나의 애틋함과 아쉬움도 내 마음속에 수북이 쌓이고 있었다.

라니와의 만남과 그녀에 대한 나의 짝사랑은 그렇게 끝이 났다. 참고로 '라니'의 성씨는 '고'씨이다.

두 번째 만남

우리 집 정원에는 장미 나무 몇 그루가 있다. 그중에는 손바닥만 한 큰 꽃이 피는 장미가 있다. 빨간색과 노란색의 꽃이 탐스럽게 피어 자기를 보아달라고 활짝 미소를 보낸다. 그런데 어느 날, 정원을 걸어가다가 장미꽃 안에 있는 연두색 물체를 발견했다. 이게 뭐지? 자세히 보니 청개구리였다. 아주 작은 청개구리가 세상에서 가장 아름다운 색깔과 향기를 자랑하는 장미꽃 침대에서 휴식을 취하고 있었다. 안데르센 동화의 엄지공주가 생각났다. 엄지공주가 있었다면 이 정도 크기였을 듯싶었다. 안데르센도 이런 자연의 모습에서 영감을 받아 엄지공주를 쓴 것이 아닐까?

정원의 한 가운데에 파고라(pergola, 서양식 정자)가 한 채 놓여 있다. 그 기둥에 태양열 전등을 하나 달아두었다. 그런데 아내가 전등의 위치를 바꾸었으면 했다. 누구의 말이라고 감히 거역을 하겠는가? 사다리를 가져다가 전등을 떼려고 위로 올라갔다. 그런데 전등과 파고라 기둥 사이에 난 아주 작은 틈에 엄지공주, 아니 청개구리가 기둥에 등을 댄 채 나를 빤히 쳐다보고 있지 않은가? 무심결에 내 입에서 나온 말. "아니 네가 왜 여기서 나와?" 장미꽃 침대가 싫증이 난 것일까? 아니면 좀더 높은 데서 좀더 멀리 세상을 바라보며 상념에 젖고 싶었을까? 그 청개구리는 평범함을 거부하고, 높은 곳에 올라 기둥에 기대어 세상을 바라보며 사유하는 철학자 청개구리가 분명했다. 순간 철학자 청개구리가 장미꽃에 있던 그 청개구리인지 아닌지 궁금해졌다. 내가 물었다. "너 그 엄지공주 청개구리 맞아?" 철학자 청개구리는 쓸데없는 질문이 귀찮다는 듯 아무런 대답도 없이 눈만 끔벅거리고 있었다.

#세 번째 만남

일을 하다가 피로감이 몰려왔다. 피로감을 해소하는 데는 잠이 최고다. 정원 옆에 낡은 집이 한 채 있고 작은 방도 하나 있다. 방에 들어가 옷을 입은 채 그대로 누웠다. 낮이라 그리 춥지도 않아서 이미 깔려 있던 이불을 무릎 아래까지만 살짝 덮고 잠을 청했다. 한 시간여를 잤을까? 눈이 떠졌다. 한결 기분이 좋아졌다. 그래도 좀더 자려고 발끝의 이불을 위로 끌어올리려는 순간 이불 밑에 무엇인가 눈에 띄었다. 이게 뭐지? 자세히 보려고 이불을 들어 올리는 순간, 나갈랑 말랑 잠기운이 마파람에 게 눈 감추듯 휙 사라졌다. 허걱. 쥐다. 쥐가 이불 속에 있었다. 한 마리도 아닌 다섯 마리의 쥐새끼가 올망졸망한 눈망울로 나를 빤히 바라보고 있었다. 깜짝 놀랐다. 그나마 새끼들이어서 봐줄 만한 게 다행이라면 다행이었다.

지난 여름에 환기를 목적으로 방문을 가끔씩 열어두었다. 그때 쥐가 방에 들어왔던 게 분명하다. 방에 이불을 깔아두었는데, 푹신한 이불 속은 새끼를 낳기에 좋은 장소였을 것이다. 조금 전까지는 단잠을 잤다는 생각에 기분이 좋았는데, 쥐새끼 오형제를 보고 나니 갑자기 몸이 찌뿌둥하다. 비록 무릎 정도까지에 불과하지만, 쥐와 한 이불을 덮고 잤다는 사실에 더욱 그리 느껴졌다. 그 순간 원효대사 이야기가 떠올랐다. 밤중에 마신 해골 물이 그리 맛있을 수가 없었다는……. 나도 마찬가지다. 아까까지는 꿀맛 같은 낮잠을 잤다고 생각했는데, 어린 서생원들을 보고 난 후 바뀌었으니 말이다. 시골 생활이 가져다주는 깨달음의 시간이었다.

어린 서생원 오 형제의 뒷이야기가 궁금하실 것이다. 방문을 다 닫고 퇴로를 막은 다음, 집게를 가져다가 한 마리씩 모두 잡아 박스에 가두었다. 고민을 많이 하였으나 차마 내 손으로 그들의 생명을 끊을 수는 없었다. 이웃집에 고양이가 몇 마리 살고 있었는데 고양이가 잘 다니는 곳에 쥐가 든 박스를 놓고 왔다. 다음 날 궁금한 마음에 박스를 두고 온 곳을 찾았다. 박스는 넘어져 있었고, 그 안은 깨끗했다. 고양이의 공양물이 되었는지 아니면 어엿한 서생원의 모습으로 이쪽 들녘을 휘젓고 다니는지 여부는, 나로서는 전혀 알 수 없다.

애백구지사(哀白狗之辭)

　오호 애재(哀哉)라! 오호통재(痛哉)라! 백구의 마지막 울음소리가 지금도 내 귀에 쟁쟁하다. 고귀한 생명체를 뱃속에 품고 있어 홀몸도 아니었던 백구가 끝내 우리 곁을 떠나고 말았다. 백구는 며칠 전부터 조짐이 좋지 않았다. 밥도 잘 먹지 않았다. 고기를 갖다주어도 아주 조금만 먹고 말 뿐, 식욕이 없었다. 끙끙거리며 고통을 참아내는 모습도 역력했다. 마지막으로 보았던 날은 더욱 그랬다. 먹을 것을 아예 입도 대지 않았다. 앞발을 펴고 엉덩이로만 앉은 채 고통을 이겨내고 있었다. 몸도 아픈데 왜 바닥에 편하게 엎드려 있지 않을까? 이상했다. 가만히 생각해보니 바로 뱃속에 든 새끼 때문이었다. 뱃속의 새끼들이 눌리는 것을 막으려고 불편하지만, 앞발을 들고 있었던 것이다. 그 상황에서도 뱃속의 새끼를 생각하는 모정에 가슴이 아려왔다. 나를 힘없이 바라보는 백구의 입에서는 신음 소리가 가늘게 새어 나오고 있었다. 불쌍하지만 내가 할 수 있는 일은 없었다.

　집으로 돌아오기 전에 백구가 걱정되어 다시 한번 들러보았다. 깜짝 놀랐다. 백구가 이상했다. 집 속에 있던 백구가 밖으로 나와 집 밑에 자기가 파놓은 구멍에 머리를 박고 있었다. 백구 집은 두꺼운 철판 위에 놓여 있었고, 철판 밑으로는 백구가 파놓은 공간이 있었다. 자신의 몸 하나 딱 들어갈 공간이다. 아마도 백구의 퀘렌시아(Querencia, 몸과 마음이 지쳤을 때 휴식을 취할 수 있는 나만의 공간)이었으리라 추측된다. 낯선 사람이

다가올 때나 아주 더운 여름날, 백구는 그곳에 들어가 짖어대거나 휴식을 취하곤 했다. 그런데 그곳에 머리와 상반신을 처박은 채 바동거리고 있었다. 해산일이 얼마 남지 않아 배가 많이 불러서 몸 전체를 집어넣지 못했기에 상반신은 땅속에, 하반신은 위에서 바동거리는 괴상한 모습을 연출하고 있는 것이었다. 게다가 백구는 그 상태에서 기괴한 울음소리를 내고 있었다. 심상치 않은 소리였다. 나는 백구를 구멍에서 **빼내려고** 목줄에 걸린 쇠사슬을 잡아당겨 보았다. 그런데 꿈적도 하지 않았다. 백구가 큰 개가 아니었는데도 묵직한 바윗덩어리를 잡아당기는 듯한 착각이 들었다. 포기했다. 백구가 죽을지 모른다는 불길한 예감이 들었지만 더 이상 어쩔 수 없었다. 무거운 마음을 질질 끌고 집으로 돌아왔다.

다음날 백구의 상황이 궁금했다. 오전에 농장에 가자마자 백구 집을 찾았다. 백구가 없었다. 가슴이 철렁했다. 백구 집 앞에 놓인 쇠막대에는 주인 잃은 쇠사슬만이 힘없이 늘어져 있었다. 집 안을 살펴봤지만 지저분한 이불만이 여전하게 덩그러니 놓여 있을 뿐, 그 어디에도 백구는 보이지 않았다. 아! 어제 그 모습이 백구의 마지막 모습이었구나. 백구가 상반신을 처박았던 그 땅 구멍에서 백구의 울음소리가 들리는 듯했다. 나는 서둘러 그곳을 떠나야 했다. 기괴한 그 울음소리가 귓가에서 점차 크게 요동쳤기 때문이다. 집에 돌아온 후 나는 백구의 이야기를 글로 남겨야 한다는 의무감에 사로잡혔다. 뱃속의 자녀들과 함께 비명횡사한 백구의 영혼을 위로하고 백구가 다음 세상에서 평안하게 지내길 바라는 마음에서였다.

백구는 작년에 귀농하여 만난 옆집 개다. 처음 만났을 때 약간의 경계심을 보였지만 곧바로 친해졌다. 백구는 키가 작은 흰색 털을 가진 대표적인 시고르자브종(시골 잡종) 개다. 귀염을 부리거나 지나친 반가움을 표시하기보다는 멀리서 살짝 꼬리를 흔들며 가벼운 웃음을 보내주곤 했다. 그런 진중한 모습이 더 마음에 들었다. 요란하게 꼬리를 흔들며 앞발을 들어 올리면서까지 달려드는 개보다 더 낫다고 생각했다. 처음 만났을 때, 유난히 배가 나왔다 싶었는데 얼마 안 있어 새끼를 낳았다. 네 마리씩이나. 옆집 아저씨는 이사 온 지 얼마 안 되는 나에게 시골 생활에서는 개 한 마리 정도는 키우며 살아야 한다며 새끼 한 마리를 갖다 키우는 게 어떠냐고 물었다. 개를 키우는 것은 식구가 한 명 느는 것과 같아 거절하고 싶었지만, 딸아이의 성화로 입양을 하고 말았다.

백구의 네 마리의 새끼 중 두 마리가 생후 일 개월이 채 안 되어 죽었다. 시골에서 막 자라는 시고르자브종이라 열악한 위생 상태가 원인이었을 것이라 추측되었다. 두 마리 중 한 마리(딸아이가 '팡이'라 이름 지었다)는 우리 집에서, 다른 한 마리(이웃집 주인이 그 개의 이름을 부르는 것을 듣지 못했는데, 딸아이는 '실비아'라는 이름을 붙여주었다)는 엄마인 백구 옆에서 자라게 되었다. 딸아이는 자기가 키우는 애완견인 토이푸들 견종의 개와 같이 팡이를 동물병원에 예약하여 온갖 예방주사를 다 맞히게 했다. 물론 팡이를 데리고 동물병원에 다니는 것은 내 몫이었다. 팡이와 실비아는 오누이 사이였지만 삶의 모습은 천양지차였다. 팡이는 동물병원에서 정기적인 검진을 받으며 우리 집 정원을 누비며 살아가고 있지만, 실비아는 병원은 고사하고 일 년 삼백육십오일 내내 목줄에 매여 반경 일 미터의 좁은 공간에서 살아가고 있다.

백구가 사는 환경은, 실비아에 대한 설명에서 눈치를 챌 수 있듯이 열악하기 짝이 없었다. 백구의 집은 겉으로는 그럴싸해 보이지만 그 안을 들여다보면 수년간 한 번도 교체되거나 빨지 않아 보이는, 지저분하기 짝이 없는 이불이 들어 있었다. 한눈에 봐도 온갖 벌레와 함께 공동으로 사용하고 있음이 분명했다. 집 앞에 있는 밥그릇에는 흙과 묵은 때가 오묘

한 문양을 이루고 있었고, 그 속도 텅텅 비어 있는 경우가 많았다. 집 주변에는 이끼가 잔뜩 낀 자재 더미가 쌓여 있었고, 목줄에 달린 쇠사슬은 실비아의 경우처럼 일 년 사시사철 백구의 행동 범위를 반경 일 미터의 공간으로 한정시키고 있었다. 반려동물의 가장 큰 낙이라 할 수 있는 산책은 그림의 떡이다. 저 멀리 주인과 함께 산책을 나오는 이웃집 개를 보면 앞발을 들고 목청껏 짖어대면서 그 스트레스를 풀어낼 뿐이었다.

백구가 작년 후반부터 어딘가 좀 다르다고 느껴졌다. 살이 좀 쪄 보였다. 배가 좀 아래로 쳐지고 있었다. 혹시나 했는데 임신을 했다. 이런! 백구가 작년 초에 새끼를 낳았는데 일 년이 채 안 되어 또 새끼를 갖다니……. 옆집 주인도 난감해했다. 백구가 작년에 낳았던 강아지(실비아)도 분양이 안 되어 결국 자기가 키우게 되었고, 두 마리 개(백구와 실비아) 중 누구를 처분할까 고민하고 있었는데, 또다시 백구가 임신했다고 걱정했다. 일 년 내내 묶어서 키웠는데 어느 놈이 와서 또 씨를 뿌리고 갔는지 원망하는 말도 했다. 나도 마음이 안 좋았다.

백구는 작년에 새끼를 낳은 후 몸조리가 제대로 안 되어서(제대로 될 수도 없는 형편이다) 작년 여름까지 몸이 안 좋아 보였다. 눈곱이 진하게 끼었고 얼굴은 울상이었다. 살도 빠지고 털 색깔도 안 좋았다. 병색이 완연했다. 가을이 되면서 서서히 예전 모습을 되찾아갔는데 그 후에 다시 임신을 한 것이다. 나도 남자지만 그 수컷이 미웠다. 씨도 봐가면서 뿌려야지. 또, 뿌렸으면 책임을 져야지. 그 모든 고통을 백구에게 다 씌운 채 그 녀석은 코빼기 하나 보이지 않았다. 결국 몸을 완전히 추스르지 못한 상태에서의 임신이 큰 재앙을 불러온 게 분명했다. 불쌍한 백구! 함부로 씨만 뿌려대는 수컷과 어려운 상황에서도 병원에 데리고 갈 생각이 전혀 없는 주인을 만난 탓에 자신의 몸뚱어리 하나로 모든 것을 이겨내고자 노력했던 백구! 그 아픈 순간에도 뱃속의 새끼들을 먼저 생각했던 백구가 결국은 뱃속의 새끼들을 바깥 세상 구경 한 번 못 시켜주고 함께 하늘나라로 가버렸다.

생명체란 고귀한 것이다. 그래서 생명체의 씨앗을 잘 관리하는 것이 중요하다. 백구의 고통을 돌아보며 그런 점을 배운다. 동물의 세계란 다 그런 것이 아니겠느냐고 반문하는 사람이 있을지도 모른다. 그런데 그러한 모습이 동물의 세계에서만 나타나는 일이 아니니 문제다. 백구에게 전해주고 싶다. 그동안 만나서 반가웠다고……. 열악한 환경 속에서도 집에 낯선 사람이 다가오는 것을 막아주며, 자신의 일을 다 한 노고가 컸다고……. 예쁜 아들딸을 낳아 키우느라 고생했고, 그다음 자식을 낳기 위해 끝까지 최선을 다한 위대한 어머니였다고…….

백구야! 잘 가거라!

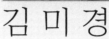

한마디

자연이 아름다운 것은 동물과 숲
그리고 사람이 어우러져 살아가기 때문이 아닐까.

약 력

• 중랑신춘문예 수필 부문 장려상(2019)
• 중랑문학 신인상 수필 부문 우수상(2019)

도깨비방망이 외 1편

한해를 눈코 뜰 새 없이 바쁘게 살아가는 자영업자는 회사원처럼 그 흔한 월차도 빨간 날도 심지어 일요일까지 쉬는 날을 누리기란 참 어려운 일이다. '그냥 힘들면 쉬면 되지.'라고 생각하겠지만, 손님들이 왔다가 돌아가는 상상을 하면 그처럼 마음 아픈 일이 없다. 돈독이 오른 것은 아니고 맛집이라고 먼 데서부터 찾아와 주는 손님들에 대한 애틋함이라고 할까. 그래서 격주로 쉬는 일요일 두 번 외에 나는 쉬어본 일이 거의 없다. 황소고집인 나를 남편도 아이들도 막지 못하지만, 유일하게 나를 제압하는 것이 있으니 그것은 건강의 적신호다. 2년마다 하는 건강검진도 아침잠을 설치고 일어나서 겨우 하는데 올해도 미루고 미루다 12월 마지막 주에 검진을 했다.

건강에 대해 크게 염려는 없었지만, 갱년기가 오면서 내 몸이 예전 같지 않다는 것을 느꼈다. 걱정은 되었지만, 딱히 아픈 곳은 없으니 이번에도 별일 없겠거니 하고 있다가 일주일 후 검사 결과를 들으러 병원에 갔는데 이게 웬일인가. 2년 전 검진 결과와는 전혀 다른 결과가 나온 것이다. 컴퓨터 모니터를 한참 들여다보시던 의사 선생님께서 말씀하셨다.

"어머니 위 조직검사는 별일 없이 나왔고요. 폐와 유방 촬영 결과도 괜찮습니다, 그런데……"

"네 선생님 무슨 문제라도 있나요?"

나는 잔뜩 긴장되어 떨리는 목소리로 말했다.

"소변검사에서 잠혈반응이 있어요. 그것도 많이요. 그리고 단백뇨 수치가 높습니다."

거기서 끝이 아니고 공복혈당, 콜레스테롤, 혈압까지 정상보다 엄청 높다는 말씀을 하시면서 나보다 더 걱정을 하시는 것이다. 그리고 오늘 소변검사 다시 해볼게요, 하시며 소변을 다시 받아 오시라고 하셔서 나는 소변을 받아서 채혈실에 가져다주었다. 검사 시간이 삼십 분 소요된다며 대기하라는 선생님의 말씀을 듣고 나는 진료실을 나와 창밖을 내다보니 마음이 착잡하고 서글픈 마음이 들었다. 어린 시절, 잔병치레도 없이 잘 컸고, 힘들게 일하면서도 감기 한번 걸리지 않은 내게도 이런 일이 생기다니 당황스러웠다.

이런저런 상념에 잠겨있는데 진료실에서 내 이름을 불렀다. 나는 가슴이 뛰어서 심장이 튀어나오는 듯한 떨림을 안고 의사 선생님 앞에 앉았다. 나는 마치 교수대에 서 있는 사형수의 심정이 이럴까 하는 생각이 들었다. 그리고 근심 어린 얼굴로 앉아 있는 나에게 선생님이 말씀하셨다.

"지금 소변검사에서는 잠혈과 단백뇨 수치가 조금은 줄었네요. 하지만 위염 치료하고 이십일 후에는 다시 검사해봐야 합니다."

나는 전보다 조금 수치가 떨어졌다는 말과 위염약 한 보따리를 들고 집으로 돌아왔다. 그리고 공복혈당 수치가 121이라는 생각이 머리를 어지럽히고 이대로 관리하지 않으면 평생 당뇨약을 먹어야 한다는 생각을 하니 정신이 번쩍 들었다. 그리고 다음 검사일까지 조금이라도 나아지기 위해 운동과 식이요법을 하기로 했다. 찾아보니 공복혈당을 낮추는 데 좋은 식물이 있었다. 그 식물의 이름은 여주다. 나는 여주라는 단어를 보는 순간 몇 개월 전 일이 떠올랐다.

가게가 늦게 끝난 탓에 허기가 져서 늦은 저녁을 먹는 딸이 걱정이었던 엄마가 어느 일요일 날, 황금색 보자기에 무언가 잔뜩 싸 가지고 오셔서 내 앞에 풀어 놓는 것이 아닌가. 그리고 "너도 이제 갱년기도 오고 체질도 나를 닮아 똑같으니 이걸 잘 챙겨 먹어라" 하시며 집에서 다려온 물을 한 잔 따라 주셨다. 나는 다려온 물 한 모금을 마시자마자 기겁하며 뱉어 버렸다. "아우 왜 이렇게 써" 하는 나에게 엄마는 "쓰니까 약이지 꿀꺽 삼켜라, 어서" 하시며 한바탕 지청구를 하시고 가셨다.

나는 몇 개월 전 여주가 쌓여 있는 황금 보자기를 어디에다 던져두었는지 몰라 헤매다 주방 수납장에서 그것을 찾아냈다.

도깨비방망이처럼 독하게 쓴 여주가 혈당을 조절해주고 다이어트도 된다니 지금 나는 구세주 같은 여주를 꺼내서 약탕기에 달였다. 이제부터 열심히 운동하고 잘 마셔야겠다며 달인 물 한 모금을 마시니 이게 웬일인가. 입에서 달다. 이 무슨 일인가. 그때 그 독하게 쓴맛은 어디 가고 내 혀에서 착착 감긴다. 두 번 세 번 들이켜도 쓰지 않다. 사람 마음이 간사한 건지 도깨비방망이가 "쓴맛 빠져라 얍!" 한 건지 알 수 없는 일이다. 여주의 효능은 엄마에게 익히 들어서 알기에 나는 운동도 열심히 하고 나쁜 식습관도 고치고 여주를 잊지 않고 마셨다. 그리고 이십일 후 다시 소변 검사를 했을 때 경계나 위험이었던 수치가 조금씩 개선되고 있었다. 나는 안도의 한숨을 내쉬었다. 그리고 의사 선생님의 말씀이 이어졌다. 앞으로 고혈압과 당뇨에 걸리지 않으려면 식생활 개선과 운동을 꾸준히 해야 할 것을 당부하셨다. 나는 이번 일로 나의 건강에 대해 자신했던 일이 부끄럽게 생각되어 얼굴이 달아올랐다. 그리고 마치 말썽을 부려 선생님께 혼쭐이 난 아이처럼 기어들어 가는 목소리로 대답하고 집으로 돌아와 냉장고에 가득 채워 놓은 탄산음료들과 인스턴트 음식들을 정리하고 신선한 야채들로 채우고 좋아하지 않던 검은콩과 곡류들로 쌀통을 채웠다.

언젠가 친정 엄마가 나에게 콩과 잡곡밥을 먹지 않는다며 어미가 잘 먹으면 아이들도 따라 잘 먹는다며 꾸지람을 하셨던 기억이 났다. 나이가 오십이 넘어서도 엄마를 걱정시키는 내가 한심했다. 도깨비방망이로 엉덩이를 펑펑 맞은 것처럼 정신이 들었다. 나도 이제 갱년기도 오고 건강을 생각하지 않을 수 없을 터. 다음 검진 때는 꼭 혈관 나이 45세를 달성하도록 노력해야겠다. 이래서 사람은 평생 배우고 고쳐야 하는가 보다.

네가 행복했으면 좋겠어

격리 2주를 마치고 드디어 자유의 몸이 되었다. 내가 감염된 건 아니지만 가족이 확진되면서 나와 다른 가족도 격리를 해야만 했다. 절대 끝나지 않을 것 같은 이 주간의 격리 해제 문자를 받고 나와 딸들은 환호성을 지르며 바로 밖으로 나갔다. 역시 숲 냄새나는 바깥은 공기청정기를 가동한 실내 공기에 비할 바가 아니다. 마침 미세먼지도 없는 날, 맘껏 콧구멍에 바람을 넣으니 기분이 날아갈 듯이 좋아 콧노래를 흥얼거리며 걸었다.

나와 아롱이가 인연을 맺은 날이 바로 격리에서 자유가 되던 날이었다. 주택가 옆 누군가의 소담한 텃밭에 파릇파릇한 상추와 파가 싱그럽게 자라고 있었다. 또 텃밭 한 켠엔 초록색 고추가 탱글탱글하니 탐스러워 눈 호강을 하고 있는데 갑자기 딸아이가 흥분된 목소리로 "엄마 이것 봐 새끼 고양이야" 한다. 정말 주먹보다 조금 더 큰 새끼 고양이가 텃밭을 휘젓고 다니며 뛰어놀고 있었다. 나와 딸들을 피하지도 않고 울타리 사이로 손을 내미니 코를 대고 내 손에 킁킁대더니 머리를 비볐다.

사람을 경계하지 않는 길고양이가 신기해서 사진도 찍고 딸들과 한참 놀고 있는데, 텃밭 주인인 듯 보이는 할아버지가 2층에서 문을 열고 텃밭을 관찰하더니 곧 내려왔다. 그리고는 벽돌을 양손에 집어 들더니 새끼고양이를 향해 있는 힘껏 내려치는 게 아닌가. 나와 딸들은 너무 놀라 소리를 쳤고 고양이는 다행히 도로를 건너 다른 곳으로 도망을 쳤다.

두 번을 연달아 벽돌을 던지는 할아버지께 내가 따져 물었다.

"어르신 왜 그러세요. 고양이가 맞아서 죽기라도 하면 어쩌려고요."

"죽으라고 던졌수. 저것이 내 텃밭을 다 망가뜨리고 똥오줌을 싸대서 농작물이 다 죽는데 내가 오늘 저걸 죽이고 만다 또 오기만 해!" 하며 서슬 퍼렇게 악을 쓰고 돌아갔다.

텃밭을 그렇게 아기자기하고 예쁘게 가꾸는 사람이라는 게 믿기지 않을 정도로 너무나 포악한 모습에 딸들과 나는 벌렁거리는 가슴을 쓸어내렸다. 그리고 도망친 새끼고양이가 있을 만한 곳을 찾아다녔다.

한두 번 있는 일이 아니었는지 도망도 날째게 잘 치더니 길 건너 칼국숫집 주차장 차 밑에 웅크리고 있는 고양이를 찾을 수 있었다. 차 밑으로 들여다보며 손을 내미니 몇 번을 망설이다가 나오는 새끼고양이를 끌어당겨 안았다. 녀석도 많이 놀랐는지 가슴이 마구 뛰고 있었다.

길고양이니까 누구의 허락은 필요 없을 듯싶어 고양이를 안은 채 돌아서려고 하는데 갑자기 한 아주머니가 다가오며 말했다.

"그 고양이 데려가게요? 우리가 여기서 밥 주고 키우는데 왜 데려가려고 그래요?"

"여기서 키우신다고요? 그런데 얘가 지금 무슨 일을 당했는지 아세요? 건너편 텃밭 주인한테 벽돌로 맞아 죽을 뻔했어요. 키우시려면 실내에서 안전하게 키우셔야죠."

내가 격양되어 말했더니 이내 아주머니는 정들었는데 그래도 여기보다는 가정집에 가서 사는 게 낫겠지 하면서 고양이를 보내주었다.

우리는 바로 동물병원에 가서 건강검진과 예방접종을 했다. 건강 상태는 아주 양호했다. 얌전히 검사를 마친 고양이는 거리의 삶이 고단했던지 케이지 안에서 곤히 잠들었다.

이렇게 시작된 고양이와 인연은 벌써 일 년이 되어간다. 갈색, 흰색, 검은색이 섞인 줄무늬 삼색 고양이인 이 녀석의 이름은 아롱이다.

사람을 잘 따르고 명랑한 성격의 고양이를 '개냥이'라고 한다. 이 녀석은 개냥이를 넘어 거의 자기가 사람인 줄 안다. 우리가 먹으면 따라 먹고 아예 야행성을 버리고 잠도 12시면 취침에 들고 오전 7시면 일어나 출근 준비하라는 듯이 야옹거리며 돌아다닌다. 말귀를 알아듣는 것은 기본이며 심지어 사람의 말을 흉내를 내고 싶은지 알 수 없는 소리를 내며 다닌다. 미뿔이지만 자신을 위험에서 구해주고 안전한 곳으로 데려와 줘서 고맙다는 마음의 표현인지 모든 가족을 경계심 없이 잘 따르는 녀석이 너무나 사랑스럽다.

그리고 아롱이는 끼니마다 배식을 하지 않고 아침에 한가득 담아주면 종일 나누어서 먹는다. 식탐이 없는 아롱이는 다른 고양이가 와서 자기 밥을 먹으면 바로 뒤로 빠져서 그 고양이가 먹을 때까지 기다린다. 그뿐 아니라 다른 고양이가 누고 덮지 않은 배설물까지 야무지게 모래를 덮어준다. 마치 사람처럼 생각하고 배려하는 것 같은 아롱이가 신기하고 기특하다. 이렇게 착하고 귀여운 아롱이가 아직 거리에 있었다면 어땠을까 생각하니 눈앞이 캄캄해진다.

자연이 어디 인간만의 소유물인가. 어찌 동물들에게 그같이 표독스러운 일을 하는지 모르겠다. 그들도 살아 숨 쉬는 생명체이고 숲도 거리도 함께 누려야 할 권리가 있다. 조금 시끄럽고 불편한 일이 있다 해도 사람이 동물을 해칠 수 있는 타당한 이유는 없다. 고양이도 사람도 하나의 자연이기 때문에. 자연이 아름다운 것은 동물과 숲 그리고 사람이 어우러져 살아가기 때문이 아닐까.

서 석 용

한마디

몇 번 버스가 언제 오는지 알려주는 창이 늘 푸른 빛을 쏘고 있다.
내일쯤 그 아름다운 여인이 버스 기다리는 모습을 다시 볼 수 있을까.

약 력

• 중랑신춘문예 소설 입상(2020)

문자 통신 외 1편

우리 집 앞에 버스가 서는 곳이 있다. 흔히 버스 정류소 또는 정류장이라 부른다. 길가에 쇠막대가 서 있고 거기에 사각 통이 매달려 있다. 통에는 정류장 기호가 보이고 노선도가 있고, 몇 번 버스가 언제 오는지 알려주는 창이 늘 푸른 빛을 쏘고 있다.

거기에 어떤 여인이 손에 휴대전화를 들고 서 있다. 똑바로 서 있지 않고 사각 통에 슬쩍 기대어 있다. 가끔 한쪽 발을 쉬기도 한다. 그쪽 다리나 발에 탈이 났는지 알 수 없다. 하지만 다시 발을 바꾸기도 하니까 그렇지도 않은 듯하다. 아니면 그런 습관이 있는지도 모른다. 어디엔가 기대고 싶어 하는 마음이 없다고 보기 어렵다. 하긴 어깨 부분만 기댄 점으로 보아 딱히 그렇지도 않은 듯하다. 어디에 기대고 싶어 한다면 대략 머리를 기대야 한다.

그녀가 가끔 눈으로 푸른 창에 보이는 시각을 확인하는 점으로 보아 버스를 빨리 타고 싶다는 심정을 알 수 있다. 그런데 참, 그녀의 옷매무새가 놀랍다. 뭐랄까? 전문가의 손길이 보인다. 그냥 아무렇게나 걸쳐 입은 옷은 아니다. 제법 깔끔하다. 더해야 할 그 무엇도 별로 보이지 않고, 덜어내었으면 싶은 부분도 딱히 없다. 특히 매우 가벼운 스카프가 일품이다. 바람에 조금씩 날린다.

꽤 궁금한 일은 그녀가 우리 동네 사람인가라는 점이다. 우리 동네에 저런 멋쟁이가 산다면 동네의 자랑이 될 터이다. 주위가 온통 환해지니까 하는 말이다. 동네 사람들이 좋은 사람을 보아 좋게 여기고 그래서 좋은 마음을 가지고 서로 좋은 덕담을 나눈다면 얼마나 좋겠는가? 마을이 밝아질 터이다.

그녀가 한 번 더 발을 바꾸었다. 아주 잠깐 얼굴을 들었다. 눈에서 번개처럼 확 매력이 번졌다. 눈부시게 환해졌다. 그러나 곧 그 얼굴을 휴대전화에 묻었다. 두 손으로 마냥 자판을 두드리고 있다. 도무지 무슨 통신일까? 그러다 갑자기 통화를 시작했다. 아마 어디서 걸려 온 듯하다. 온전히 얼굴을 들고 손을 내저으며 통화하고 있다. 그녀의 미모로 보아 우리 동네에서는 일등이 될 어림이 아주 높다.

그녀는 손으로 허공의 한 점을 콕콕 찌르며 통화하고 있다. 무언가 그 일 점에 사건의 전모가 얽혀 있는지 모른다. 그러다 느닷없이 웃음을 터뜨렸다. 입을 크게 벌리고 까르르 넘어가고 있다. 웃는 모습도 정말 사랑스럽다. 그때 버스가 도착했다. 버스가 그녀를 가렸다. 조금 후 그 버스가 떠났다. 그녀는 그 자리에 그대로 서 있다. 여전히 문자통신에 매달려 있다.

통신에 걸린 시간으로 보아 꽤 긴 사연을 주고받는 듯하다. 친구 사이에 주고받는 그렇고 그런 수다일까? 그럴지 모른다. 일단 부모나 친지에 보내는 안부가 아닌 점은 확실하다. 안부라면 그토록 길 이유가 없다. 아니면 복잡한 거래나 무슨 타협일까? 어떤 거래라면 아주 긴 통신이 필요할 때도 있다고 본다. 특히 일이 꼬이는 때는 아무래도 이야기가 길어질 터이다. 문득 미간을 잔뜩 찌푸리며 손을 잽싸게 놀리고 있다. 아마 마음에 들지 않는 제의를 받았을지 모른다. 타협이 조금씩 어려워지나 보다. 모든 종류의 타협은 다 어렵다. 이어 자판을 두드리던 손으로 부채질하고 있다. 마음에 화가 차오른 듯싶다.

그러고 보니 어쩌면 남자 친구와 문자 교신을 하고 있지 않을까? 말썽꾸러기 남자 친구를 힘들여 설득하고 있는지 모르겠다. 그 녀석이 저번에 약속을 어겼음이 틀림없겠다. 아니면 그가 일부러 약을 올리는지도 모른다. 남자들은 그런 허튼수작을 작전이라는 중요한 이름으로 부르기도 한다. 다시 손부채를 부친다. 화가 더럭 났지 싶다. 너무 화가 나서 어쩔 줄을 모른다고 상상해도 좋을지 알 수 없다.

그러다 문득 얼굴을 들어 이쪽을 쏘아본다. 끊임없는 이쪽 시선을 느낀 듯하다. 갑자기 휙 돌아선다. 세상에는 장발도 있고, 단발도 있는데, 중발이 있는지는 모르겠으나 그녀는 중발이다. 생머리가 어깨를 조금 덮었다. 그러나 자세히 다시 살피니 아주 긴 머리를 감아올리고 나머지가 어깨에 닿고 있다. 꽁지머리도 아니고, 올림머리도 아닌 절충형이다. 일단 감아올려 매듭진 부분에는 아주 조그만 비녀가 보인다. 꽃인지 아닌지 그런 장식이 달린 비녀인데 은비녀인지는 알 수 없다. 어깨에 닿은 머리카락은 다시 줄로 묶어 놓았다. 손마디만큼 남기고 줄로 묶었다. 바람에 이리저리 나부끼는 것을 매우 싫어하는 듯하다.

이어 버스가 또 왔다. 수초를 머물렀다. 그리고 떠났다. 아름다운 그녀가 서 있던 자리에 꽤 큰 짐짝이 있고 뚱뚱한 아주머니가 서 있다. 순간적으로 마술을 보고 있다는 착각이 들었다. 착각이 아닐지 모른다는 생각은 바로 전화에서 나왔다. 아주머니도 전화를 귀에 대고 있다. 어디로 전화를 걸고 있을까? 아주머니도 우리 마을 사람일까? 여기를 왜 왔을까? 누구를 만나러 왔을까? 아니면 다른 곳에서 집으로 오는 셈인가? 그래서 누군가가 얼른 와서 짐짝을 도와주기 바라는지도 모른다. 아마 곧 누군가 마중 나와서 짐짝을 옮기리라. 그리고 정류장이 비고 또 얼마 후 다시 사람들로 붐비리라.

그런데 세월이 더 흐른다면, 아니면 내일쯤 그 아름다운 여인이 버스 기다리는 모습을 다시 볼 수 있을까? 기대하지 않는 편이 편할지 모른다. 하긴 다시 만난들 무엇이 달라질까? 그러니 그것은 그것일 뿐이다.

팔짱을 끼고

　혼자서 팔짱을 낄 때도 있고 둘 또는 여럿이 팔짱을 낄 때도 있다. 매우 흔한 일이다. 친밀함을 드러낼 기회도 되지만, 더러 방관하는 태도를 보여주어서 그 건에는 동의하지 않는다거나 좀더 지켜 보고 싶다는 의사를 몸으로 표현할 수도 있다.

　그런데 이야기를 조금 바꾸어본다. 어떤 사람이 같은 사진을 매일 바라보는 경우가 있을까? 복잡한 도시에서 생계를 이어가는 손녀가 시골에 계신 할머니를 너무 그리워해서 할머니 사진을 침실에 걸어둔다면 아무래도 매일 그 사진을 보아야 할 터이다. 그러면 자연스럽게 같은 사진을 자주 보게 마련이다. 또 어떤 다른 사정으로 어쩔 수 없이 같은 사진을 매일 보는 때도 있다고 본다. 아무 친소나 연고도 없는 인물을 싫건 좋건 거의 매일 보아야 할 때도 있다. 아마 길거리에 널려 있는 광고사진을 출근길에 마주치는 경우를 상상하면 그 사정을 알 수 있다. 매일 같은 장소를 지나가야 할 때, 특히 전철역 통로를 통과할 때 그 벽면에 버젓이 걸려 있는 광고사진이라면 아무래도 보아주어야 한다. 너무도 보기 싫어 몸서리 치는 사진이라도 어쩔 수 없다. 일부러 다른 길로 멀리 돌아가기에는 시간이 부족하다. 그런데 광고사진 가운데 병원을 선전하는 사진은 어떤가? 무슨 먹거리 광고나 속옷 광고와 비교해본다면 더 쓸모가 있을까? 아무래도 더 도움이 될지 모른다. 병원이란 바로 인체를 수리하는 곳인데 모든 인간은 숙명적으로 인체를 보유하고 있다. 혹시 어느 날 그 광고에 표

시된 병원을 찾을지 그 누가 알겠는가? 그래서 광고사진에 등장한 의사에게 진료를 받을지도 모른다. 미래라는 벌판에서는 별별 일이 다 일어난다. 현재에서는 상상도 할 수 없는 일이 버젓이 일어나더라도 조금도 이상하지 않다. 미래란 원체 그런 존재다. 그렇다 치더라도, 그러하니까 어쩔 수 없이 현재 눈에 보이는 그 병원 광고를 존중해야 한다고 우긴다면 누구나 반발할 터이다. 어떤 장소에서는 성형외과 광고도 보인다. 의료진에 더해서 치료 전 환자와 치료 후 환자가 같은 화면에서 웃고 있다. 성형을 잘하면 그렇게 달라진다는 사실을 보여주고 어서 서둘러 성형하라고 독촉한다. 아주 드물게 유명인이 끼어 있는 때도 있으나 대략 어색하기 마련이다.

그런데 이런 이야기의 주제는 무엇인가? 팔짱끼기와 병원 사진 이야기에 무슨 공통주제가 있을까? 어쩌면 거의 모든 병원 광고사진에서 의료진이 팔짱을 끼고 있는 모습을 보게 된다는 사실을 알리고 싶어 이리 긴 사연을 쓰고 있는가? 그렇다. 바로 그 점이 정말 이상하다고 여겨진다. 어떤 곡절이 있어 거의 모든 병원 광고사진에서 의료진이 팔짱을 끼고 있을까? 물론 더러 예외는 있을지라도 그 모든 광고사진을 한 스튜디오에서 촬영하지 않았을 터인데, 한결같이 비슷한 자세를 하고 있다는 점이 너무도 수상하다. 그 수상한 사연이 무얼까? 아마도 광고사진을 촬영하는 사진가가 다른 병원 광고를 참고해보았더니 역시 의료진은 팔짱을 끼면 더 그럴싸해지니까 남을 따라서 우리도 그런 자세로 촬영하자고 졸랐을지 모른다. 혹시 그렇다면 그런 주장은 놀라운 주장이다. 어째서 팔짱을 낀 의료진에게 더 호감이 간다는 말인가? 광고사진의 요체는 바로 호감이다. 사람들에게 그 광고사진을 보여주면서 호감을 불러내야 하다못해 병원 이름이라도 기억할 것 아닌가? 비호감이라면 고개를 돌릴 터이니 큰 비용을 지출한 보람이 사라진다. 그래도 기어코 팔짱을 낀 자세를 고집한다면 점점 이해하기 어려워진다. 어떤 사람들은 그것이 유행이라고 억지를 부릴지 모른다. 남들도 그러니까 나도 그런다는 그것, 유행이기 때문에 좀 어색하더라도 의료진이 팔짱을 끼고 점잖은 자세를 취하는 편이 사람들 시선을 오래 머물게 한다면서 유사한 자세를 권했을지 모른다. 물론 유행을 따르는 편이 더 유리하다는 상식을 들먹였을 터이다. 여기서 혹시 다른 자세가 더 호감을 부를 확률이 높다는 주장을 할 수 있을까? 예를 들면 팔짱을 낀 자세보다 차라리 손에 예쁜 무언가를 들고 있는 자세는 어떨까? 자주 쓰는 의료기도 좋고 아니면 화사한 꽃장식이 더 어울릴지 모른다. 때로는 아무 논문이나 한 장을 앞세우는 방법, 즉 들고 있는 자세도 가당하다고 여긴다. 이런 제안에 극구 반대하는 광고인도 있을 터이다. 사진 기술에서 주인공보다 더 눈길을 끄는 물체는 주인공을 가리는 역할을 하니까 피해야 한다는 일반론을 들먹일지 모른다. 암튼 여기서 왜 그런 자세가 유행인지를 이해하려 노력하기보다 과연 방관자의 특유한 자세인 팔짱끼기가 과연 광고효과 면에서 유리할지를 따져보고 싶다. 의료진이 방관자라면, 즉 환자를 앞에 두고 방관을 한다면 과연 신뢰성에 금이 가지 않을까? 질환이 더 나빠지기를 기다리면서 좀더 고가의 의료비를 기대하는 행위가 아닐까? 이런 따위를 추측하다 보니 너무 지나친 억측을 범하고 말았다. 아무래도 그렇지 설마 환자를 앞에 두고 딴생각을 하기야 하겠는가? 신중에 신중을 기하려 일단 팔짱을 끼고 잠시 지켜보고 있는 의료진에게 박수를 보낸다.

제7회
『중랑문학』 신인상 작품 모집 안내

(사)한국문인협회 중랑지부에서는
다음과 같이 신인상 작품을 공모합니다.

―다음―

공모 기간 | 2022년 5월 1일부터 2022년 9월 30일까지

장르 별 모집 안내 | 주제는 자유이며 운문(시, 시조, 동시) – 3편,

산문(수필, 동화) – 원고지 15매 내외(1~2편)

대　　상 | 주민등록상 중랑구민에 한함(미등단으로 문학에 뜻을 가진 분)

제출방법 | · E-mail : jlmh8@daum.net

· 작품과 함께 연락받을 주소, 전화번호 기재

· 문의전화 : 010-7336-1852

발　　표 | 2022년 11월 1일(개별 통지함)

시상내용 | 상패 및 상금 – 각 부문 우수상 1명, 운문과 산문 합하여 대상 1명(총 3명)

시 상 식 | 2022년 11월 중 〈2022 중랑문학제〉행사 시

특　　전 | 중랑문인협회 회원 가입자격 부여, 『중랑문학』 작품 게재

〈응모한 원고는 반환하지 않음〉

◇ 주최 : (사)한국문인협회 중랑지부 ◇

2022 중랑문인협회 회원선집

잠시 쉬어가도 괜찮아

지은이 / 중랑문인협회
편집위원 / 정송희, 이호재, 이영선, 권재호, 윤숙
편집국장 / 정여울
펴낸이 / 오혜정
펴낸곳 / 글나무
주 소 / 서울 중구 수표로 45. 비즈센터 905호
전 화 / (02)2272-6006
등 록 / 1988년 9월 9일 (제301-1988-095)

2022년 5월 31일 초판 인쇄·발행

ISBN 979-11-87716-64-8 03810

값 10,000원

저자와 협의하여 인지를 생략합니다.